开发青少年抗逆力

田国秀 主编

# 我不想要"保护伞"
## 如何帮助孩子应对风险

## Too Safe for Their Own Good
### How Risk and Responsibility Help Teens Thrive

[加] 迈克·安戈尔（Michael Ungar） 著
王曦影 姚红 吕道昱 译

学苑出版社

**图书在版编目（CIP）数据**

我不想要"保护伞"：如何帮助孩子应对风险／（加）安戈尔（Ungar, M.）著；王曦影，姚红，吕道昱译. — 北京：学苑出版社，2013.10

（开发青少年抗逆力／田国秀主编）

书名原文：*Too safe for their own good：How risk and responsibility help teens thrive*

ISBN 978-7-5077-4392-0

Ⅰ.①我… Ⅱ.①安… ②王… ③姚… ④吕… Ⅲ.①家庭教育-研究 Ⅳ.①G78

中国版本图书馆 CIP 数据核字（2013）第 240196 号

北京市版权局著作权合同登记 图字：01-2012-9194

**版权声明**

Original English Title：*Too safe for their own good：How risk and responsibility help teens thrive* ／ Michael Ungar

Copyright © 2009 by Michael Ungar

All rights reserved

**责任编辑**：任彦霞
**出版发行**：学苑出版社
**社　　址**：北京市丰台区南方庄 2 号院 1 号楼　100079
**网　　址**：www.book001.com
**电子信箱**：xueyuan@public.bta.net.cn；xueyuanyg@sina.com
**销售电话**：010-67675512、67678944、67601101（邮购）
**印　刷　厂**：北京旺都印务有限公司
**开本尺寸**：880×1230　1/32
**印　　张**：8.25
**字　　数**：178 千字
**版　　次**：2014 年 1 月第 1 版
**印　　次**：2014 年 1 月第 1 次印刷
**定　　价**：29.50 元

# 丛书序言

20世纪50年代开始，北美心理学家安瑟尼（Anthony）、温纳（Werner）、如特（Rutter）、皮特森（Patterson）等人的研究发现，有些父母精神异常家庭的儿童和青少年，并不像早期研究所说的那样，会出现精神问题或成长障碍，他们仍然保持了健康的情绪和生活适应能力，表现出较高的免疫力和成长胜任力，他们被称为"适应良好的儿童"（invulnerable child）。60、70年代以后，积极心理学思潮广泛传播，越来越多的研究者把研究重点聚焦在个体心理发展的积极面。相对于早期心理学较多探索心理问题的根源，侧重于矫正与治疗的实践取向而言，积极心理学热衷于在心理问题之中挖掘个体仍然能够顽强生存、不甘放弃的力量，重心转移到对力量、生命力、优势资源的关注。研究发现，相当一些生活在高危（at high risk）环境中的儿童和青少年呈现出良好的适应性和抗压能力，不但没有被危机和挫折压垮，反而能够自我调整、克服危机、积极发展。这种抵御逆境、抗击压力的能力受到众多研究者的青睐，逐渐成为一个相对独立的研究领域，学者们称其为抗逆力（resilience）。

抗逆力是一种能力。"抗逆力的核心因素在于复原，即重新回到压力事件之前所具有的适应的、胜任的行为模式的能力。"① 抗逆力是个体所具有的抗御困境并恢复正常适应的能力,是一种在生命的各个发展阶段能以不同行为表现出的促进并修补健康的能力。

20世纪80年代末,中国心理学者开始接触积极心理学及其与之相伴的抗逆力研究,将国外研究的最新成果、最新发现向国内推介。抗逆力研究的核心在于关注和激活个体生命中的积极因子,即使面对危机,生命也能顽强生长的那种力量与活力。青少年阶段是人生发展的关键期,动力与偏差往往相伴而生,如何在偏差之中发现生命前行的动力,如何在危难面前保持探索与向上的力量,正是帮助青少年度过关键期,迎接生命卓越的拐点。

近些年来,青少年群体发生与出现的大量问题,可谓触目惊心。杀害老师、暴打父母、欺辱同学、吸食毒品、出入夜店、离家出走、扰乱校园、危害社会等事件接连发生,成为父母、老师、青少年工作者挥之不去的心病,也是社会问题之一。这些孩子怎么了?问题行为的背后存在着怎样的逻辑?触目惊心的状态有没有规律可循?成人群体如何能够帮到他们?家长、老师用什么办法介入?这些都是我们试图回答的问题。在此,我们提出一个响亮的号召——重新发现青少年!带着发现的好奇,抱有创新的态度,以一种相伴成长、与君同行的心态,走进青少年,也许能够找到焕然一新的教育机会。

加拿大达尔豪斯(Dalhousie)大学社会工作学院的迈

---

① Garmezy N., *Children in poverty: Resilience despite risk* (1993), p.56.

克·安戈尔（Michael Ungar）教授是青少年问题与家庭治疗领域的知名学者，他主持与推动的"国际抗逆力项目"联合了30多个国家与地区的500多名学者，极大促进了抗逆力思想在世界范围的影响与深化。安戈尔教授还是一名活跃的实务工作者，介入与干预家庭问题和家庭治疗，帮助遭遇困境的青少年及其家庭摆脱困境，获得新生。对青少年成长的深刻关注，对家庭建设的积极探索，使得安戈尔教授在家庭教育领域思想新锐、观点超前、案例鲜活、指导性强。

2005年，受安戈尔教授的邀请，我前往加拿大参加了"国际抗逆力研讨会"。通过会议期间的交流与会谈，安戈尔教授了解了我们开展青少年研究的状况，并对中国青少年的问题与特点产生了浓厚的兴趣，从此开始了我们稳定和愉快的合作。近10年来，我们共同申请国际课题、组织召开青少年研究年会、合作发表研究成果、联合指导研究生、深度交流研究发现，愉快的合作，积极的切磋，结出了丰硕的成果。

此次集结出版的《开发青少年抗逆力》丛书就是成果之一。我们选取了安戈尔教授在家庭教育、青少年培养方面的4本著作，以译丛的形式翻译出版。

**《"我们这一代"：如何培养孩子的责任感》**是写给家长的书，作者告诉家长：当代青少年似乎越来越自我中心，沉湎于"我"。事实上，今天的孩子们与他们的前辈一样关注"我们"。比如，他们希望自己的能力得到关注；他们渴望自己的需要和想法得到父母的理解与鼓励；他们期待自己的重要家庭关系得到保护。作者通过鲜活的临床案例，借鉴世界各国的研究成果，阐明青少年对亲密家庭关系的渴望，父母支持对激活青少年潜能的意义，亲情关系有利于预防青少年违法犯罪等结论。青少年问题已经成为当代世界各国特别关注的课题，本书提供了一个新颖、乐观的思考视角，探讨青少年的真实特征与潜在能量。

《我其实并不"坏"：如何理解和引导学"坏"的孩子》适合家长、教师和青少年工作者阅读，对于那些刚刚开始或者已经深陷问题的青少年，如过失行为、吸毒、酗酒、性乱、暴力、自杀、抑郁以及创伤等，本书提供了一个特别的解读视角。多数研究问题青少年的著作习惯于展示、表现成年人的聪明与能力，本书的不同之处在于，侧重于展示青少年的真实世界，以心理学研究的最新趋势、相关领域的最新成果，描绘、解密那些"不听话的孩子"。帮助问题青少年（即使是最麻烦的青少年）建构抗逆力，是本书提出的解决途径。通过深入了解、仔细观察青少年面对的危机和他们制造的危机，帮助成年人在预防青少年犯罪、干预青少年危机方面扮演重要角色。

《我不想要"保护伞"：如何帮助孩子应对风险》，作者以独特的视角阐明了青少年冒险行为与成年人的过度保护之间的关系，表明过度保护剥夺了孩子们体验生活、尝试生活、认识自我、修正自我的机会。但青少年成长探索是一个不可跨越的过程，冒险行为常常是青少年获得体验、尝试生活的重要手段。作者通过观察、探秘、体验青少年冒险行为背后的心理过程，挖掘冒险行为背后的积极意义，以此提醒父母、教师、社会工作者、心理咨询师真正明白孩子的成长需要，将冒险行为转化为承担责任。在书中，作者提供了一些有效倾听青少年的技巧，理解青少年行为的视角，帮助青少年平衡责任与冒险的关系，促进成年人思考如何处理保护与监管的尺度。

**《我的长处在哪里：如何引导"叛逆"青少年走出困境》**，越来越多的心理咨询师、教师、社区青少年工作者和父母投身于预防青少年个体和校园悲剧的发生。成功的关键在于：成年人对青少年经历的深刻尊重。作者提出了一个新颖、乐观的解读视角，透过青少年"不良"行为的表层挖掘他们应对生活挑战的特有方式。书中还提供了一些应用性工具，用于解释、揭示掩盖在问题下面的能力，并提炼为具体、有效的工作程序，帮助青少年建构积极的自我认同，形成可行的行动计划。例如：青少年出现吸毒、暴力、违纪和乱性等问题行为的六个阶段；设立专门一章讨论青少年欺凌现象；例举丰富案例，介绍了叙事治疗的基本方法；提供了一份"抗逆青少年能力清单"，用于评估抗逆力与自我认同的水平。

国富民强是几代中国人奋斗终身的渴望，今天，这个目标基本达到了。物质富足了，日子轻松了，生活丰富了，但孩子不省心了，这是很多国人时常发出的感叹。养育子女、培养孩子、盼子成才，几乎成为所有中国父母的使命，即使这般，还是有很多孩子发展畸形、问题丛生、成长不畅、惹是生非。问题出在哪了呢？这套丛书涉及的几个角度也许对家长、老师有所启发。

第一，过度保护问题。中国的独生子女现状，使众多家长对孩子形成一种无意识的过度保护。担心孩子不安全，担心孩子吃不好，担心孩子长不壮，担心孩子没出息，担心孩子不优秀。父母自身的输不起、放不下，成为孩子成长的巨大阻力与压力。因为总是顾虑孩子的安全问题，生命成长所必需的冒险与探索几乎与孩子绝缘。不经历风雨，何以见彩虹？忧患兴邦、自古少年多磨难，这些民间古语蕴含着深刻的人生哲理。孩子的责任感、担当意识、感恩情怀是在磨难与摔打中萌生的、成形的、自省的，要想培养有责任、肯担当、有情有义的下一代，过度保护肯定是南辕北辙了。《我不想要"保护伞"：如何帮助孩子应对风险》一书给了我们诚恳的提醒与指导。

第二，责任缺失问题。这是上一个问题的延续。因为父母过度关注自己的孩子，无形中为孩子搭建了一个保护伞，为孩子遮风挡雨，为孩子出气斗狠，为孩子大打出手，为孩子挑战伦理。孩子体会到的都是别人为我、我行我素、唯我独尊、自我中心。父母的用意是帮助孩子顺利成长，但过于平坦与顺畅的人生旅途，犹如市场上的"快餐"，虽能抵挡饥饿，却没有什么营养，长期食之，必然营养失衡，面黄肌瘦。自我中心的孩子，最缺失的是责任感、大局意识、群体理念，养成"小人长戚戚"的品行，不利于孩子的长远发展。《"我们这一代"：如何培养孩子的责任感》一书集中对这一问题进行了解析。

第三，行为偏差问题。从过度保护——责任缺失——行为偏差，形成了一个内在逻辑关联。父母的过度保护，剥夺了孩子自我探索、自我体验的机会，但生命是离不开体验的，没有体验意味着生命是悬空的、虚度的、没有接地气的，难以转化成青少年自我反思和自我生成的力量。生命本身具有萌发与探索的本能，当家长的过多干预与过度保护束缚了孩子手脚的时候，孩子会想方设法寻求父母监控的空隙，也使得偏差行为出现成为可能。保护是必要的，但过度保护就是因噎废食的表现，限制孩子成长的同时，又可能导致孩子为了成长而铤而走险。这是《我其实并不"坏":如何理解和引导学"坏"的孩子》一书破解的玄机所在。

第四,干预管教问题。长久以来,我们在教育子女问题上形成了就事论事的习惯,揪住问题、惩罚矫治、外力控制、内省不足。孩子出现偏差行为,只是一种症状,症状的背后必然潜藏着成长动力的受挫与扭曲,当孩子正常成长的节律被无情搅扰的时候,异常行为就会出现。因为成长是不可节制的,不能正常成长,只能异常成长。所以,干预的源头不是简单地将"异常"扭转为"正常",而是找到成长的动力,为成长铺路搭桥。这就是《我的长处在哪里:如何引导"叛逆"青少年走出困境》一书探讨的重点。

这套译丛是集体智慧的结晶,正式翻译之前,已是我们项目组的指定阅读资料,很多同学和老师阅读、介绍、引用过书中的观点或段落。此次翻译出版,得到了众多同仁的支持和协助,在此一并感谢了。丛书作者迈克·安戈尔教授更是鼎力支持,不但无偿出让作者版权,还帮助我们与海外出版社协调,解决了出版程序上的各种问题。为了促成此套丛书能够与中国读者见面,迈克·安戈尔教授的辛劳与关注,令我们感动。

还要感谢学苑出版社的领导与编辑,接受这个选题,支持四本书同时出版,特别是任彦霞编辑的付出与帮助。期盼我们对青少年成长的良苦用心能够结出丰硕的果实。

田国秀
2013 年 9 月

"为什么，乔恩，为什么？"妈妈问道，"为什么你不能像其他的鸟们一样，乔恩？为什么你不能和鹈鹕、信天翁一起低飞？为什么你不觅食？儿子，你是一只鸟！"

"我不介意做一只鸟，妈妈。我只是想弄明白在天空中我能做什么，不能做什么，仅此而已。我只是想知道。"

爸爸不乏亲切地说："听着，乔纳森，冬天马上就要来了。船会变少，鱼会从水面游向深处。如果你要学习的话，学习寻觅食物。你想学飞行可以，但你要知道，飞翔并不能充饥。你要铭记：飞行的目的是为了觅食。"

乔纳森顺从地点点头。接下来的几天，乔纳森努力像其他伙伴一样；它很努力，尖叫着和鸟群们一起冲击码头和渔船周边，俯冲下去寻找食物。但它不满足这样的生活！

"一切都没有意义。"乔纳森想，故意将一条来之不易的鳀鱼丢给了一只又老又饿追在它后面的海鸥。如果我用这些时间来练习飞翔，该多好呀！有太多要学的了！

——理查德·贝奇《海鸥乔纳森·利文斯顿》

# 前 言

我是一名社工、家庭治疗师和教师。我的工作使我有很多机会接触全球的"问题少年"：巴勒斯坦的难民营里扔石头的孩子，以色列集体农场无人监管的青少年、哥伦比亚最贫困的山区里躲避枪炮的孩子，印度最偏僻的地区的学生武装分子，坦桑尼亚贫民窟里生活的单亲少女妈妈，加拿大北部土著保留区吸食强力胶成瘾的孩子，滞留在美国、加拿大和欧洲简陋郊区的没有公民身份的少年。很大程度上，这些少年十分相似，并无本质差别。他们都有被伤害或伤害他人的风险，绝望境地的生活逼迫他们去寻求创造性的方式生存下来。而且，他们一定会生存下来。全世界的年轻人都在告诉我一件相同的事情：他们会做一切需要做的事情去证明他们是有能力的，并能够对社区有贡献。不管从什么角度，他们坚定不渝地致力于改善自己的生活。

对那些成长于真正危险中的孩子，我们的任务很简单。我们需要为他们提供更安全的家，更安全的街道、卫生免疫，让他们与不虐待他们的成年人建立联系，最重要的是，给他们灌注希望。

相反，对很多其他更加"幸运"的孩子，我开始担心我们给予他们过度的安全。听起来可能很奇怪，我们给予孩子们的过度安全和他们的暴力行为、吸毒成瘾以及其他身心和灵魂的冒险行为之间似乎有着千丝万缕的关联。

究竟怎么了？为什么拥有一切的孩子选择越轨、欺凌、离家出走、流浪街头或者药物成瘾的生活？为什么拥有一切的青少年坚持要承担一些父母认为其承担不了的责任？为什么一个年轻人坚持性活跃①，争取放学后的工作权利，向老师索取如果用功读书就可能得到的分数？对上述问题，这本书运用了超乎传统的智慧给出解答，而这些智慧就来自孩子们自己。他们让我明白了一件事：不管生活在顺境还是逆境中，孩子们都渴望冒险和担当责任。冒险和担当责任都不可避免地带来一定程度的风险。冒险和担当责任在家庭和社区中都是紧俏的供给品，因为太多的家庭和社区过度关注和保护孩子以至于损害了孩子自己的利益。

不要误解我的意思。我和其他人一样关心我们年轻人的成长，也担心他们的问题行为。我担心我们可能由于对孩子深沉真切的爱，使得我们做得过多。尽心尽责抚养健康的孩子不是问题，只是我们过于保护反而不小心将他们置于更严峻的危险。

根据孩子们自己的说法，当下，他们面临的最大困难就是找不到体验风险和锻炼责任感的机会，那些会使得他们觉得自己更像成年人的机会。这是一个有利也有弊的故事。一方面，这是我们作为父母集体成功的证据。现在很少有孩子因为骑单

---

① 译者注："性活跃"，更确切的意思是"在两性关系方面表现过分活跃"。根据其原英文"Sex alive"，为简单起见，本套丛书均直译为"性活跃"。

车而受伤。我们对孩子们的玩耍空间杀毒消菌，避免棱角磕碰。我们帮助他们更好地适应学校。我们提供更好的性教育，帮助他们学会保护自己。我们告诫他们抽烟和吸毒的不良后果。

另一方面，我们的辛苦也确实得到了回报。数据显示，这一代孩子的身体素质比上一代有很大提升。因事故和疾病住院的儿童更少了，营养不良的儿童减少了。

同样，儿童的心理素质也有所提升。如今，辍学或者没有保护措施而实施性行为的孩子较少。醉驾和自杀的比率在下降。这些年的早期干预项目，例如邻里守望相助项目、危机咨询、同伴调停、非暴力冲突解决方案、持续上学项目、教师培训、青少年外展工作者①、城区改造、流动图书馆、课外活动、在体育教练中的反虐待宣传、警察临检、游泳教练资格认定、训练孩子们对侵犯者、毒品、吸烟和性行为说"不"，所有这些努力为我们孩子建构了一个更安全的世界。

**冒险真的那么好吗？**

好事情做成怎样就是过头了？当我们竭尽所能保证孩子的安全，是不是忽略了冒险为成长带来的好处？你还记得当年你所渴望的蕴藏着风险的事情吗？记得小时候，我曾多么热爱在操场上的巨大铁轮上，跳上跳下，高速旋转。壮着胆子控制离心力，肾上腺素都会上升，我和小伙伴不玩到肚子咕咕叫，决

---

① 译者注：青少年外展工作者是指在服务机构之外的场所提供青少年社区服务的工作者。

不罢休。我所在城市的议会最近投票表决,决定拆除儿童游戏场的大铁轮。我开始有点焦虑,我们是否做得太过了,杜绝孩子们生活中的一切"危险"的活动。

毕竟,一旦我们杜绝一切危险事物,孩子们在我们密切关注下生活,他们还能在哪里找到兴奋和刺激?我们一定不能忘记要为他们提供其他的机会来体验成长和愉悦的瞬间。

这本书探索如何在保护孩子免受伤害和提供他们成长所需要经历的兴奋和刺激之间寻找平衡。我的想法非常简单:

- 首先,作为孩子的父母或监护人,我们要对真正存在的风险保持警觉,但当担心阻碍我们变成更好的父母时就要放松。有道理的担心会向孩子们传达一个信息:他们是被关爱的;毫无根据的担心反而使孩子变得脆弱,这比不在我们监护下孩子的少量撞伤和瘀伤更加糟糕。
- 其次,当孩子们冒险并将自己置于危险之中,我们要逼迫自己努力倾听他们,于是他们可以告诉我们,为什么我们觉得他们不能胜任,他们还要选择要冒更多险和承担更多责任。
- 最后,我们要为孩子们的冒险行为和寻求责任的行为提供合适、安全的替代行为,既能给他们带来刺激和兴奋而不将他们置于有害的境地,又能对他们充满意义,帮助孩子们觉得自己长大成人。

在很多亲子工作坊,我都把这些话说给父母听,经常收到这样的反馈:"但我的孩子很安全啊!"我听到,在这一驳斥般的声明背后,父母们非常关心孩子们的福利。当然,我们成年人必须要给孩子提供带来安全、有保障生活的每一可能的有利条件。当大多数危险都消失的时候,我们一定要问问自己能不能为孩子提供冒险和成熟的机会，这和他们寻求刺激和责任行为是密切相关的。我不反对成年人替孩子们消除生活中毫无意义的危险，但我常听孩子们说，当一切变得过于安全时，生活好像缺了什么。

孩子们认为成年人过于杞人忧天。或许，我是说或许，他们是对的。

问题在于孩子们不能发现成为"有影响力的人"的方法。媒体总是试图让我们信服，"外面的"世界充满危险。我们相信自己相当明智将孩子们拉回家保护起来，我们对他们寻求更多冒险和责任的每一个要求说"不"或者是"等你长大点再说吧"。但不管有没有我们的许可，孩子们不会等待也不接受"不"这个答案。我们听说扎耳眼、鼻环和文身的故事，也听说了年轻女孩的过度活跃的性行为。我们担心孩子浏览色情网站、遭受校园暴力和吸食我们闻所未闻的毒品。

这本书是关于我们的孩子以及他们追求冒险和责任的深层心理需要及其背后的成熟过程。我要展现的是，那些敢于挑战极限（常在过程中吓倒成年人）的青少年可能才是真正做好准备迎接生活的人。

# 作者声明

**孩子及其家庭**

为了保护所有我有幸与其一起工作的个人的隐私，读者们需要理解我在这里分享的既是真实的，也是想象的。我将故事的片段和细节抽取出来，与我在研究和实务工作过程中所遇到的很多青少年以及他们的家庭中的故事进行重新组合。一个个重组过的青少年及其家庭的故事出现了，替代了那些身份需要保密的个体。书中描述的人并不真实存在，虽然有些读者可能会误认为他们认识我书中所描述的青年。我必须得说，如有雷同，纯属巧合。也许书中的故事和你身边的事情极为相似，因为从我多年的实务工作来看，在不同的大大小小的社区，我曾遇到成百上千的孩子面临相似的问题，处于相似的境地。我希望这本书能够真实地展现他们的生活。

# 目 录

前 言 ·········································································· 1
作者声明 ······································································ 6

**第一章　适量的风险与责任** ········································· 1
　　我们的担心已变成孩子的问题 ······························· 3
　　行之有效的良好教育方法 ······································ 4
　　三个家庭,三个孩子 ············································· 5
　　从小培养 ···························································· 10
　　4C 原则:培养安全和有责任感的孩子 ··················· 13
　　多少监管才够? ··················································· 15
　　健康的父母养育健康的子女 ································· 16
　　到底是为了谁? ··················································· 18
　　三个问题 ···························································· 19
　　那么,我们担心什么? ·········································· 20
　　跳跃迈入成年 ······················································ 22

**第二章　问题行为的替代选择** ····································· 24
　　4D 问题行为 ······················································· 27

这不仅仅是冒险 ………………………………………… 29
孩子的冒险,我们的恐惧 …………………………… 34

## 第三章　冒险者的优势 ……………………………… 38
为什么要冒险? …………………………………… 43
我们应鼓励冒险 …………………………………… 44
具有抗逆力的冒险者 ……………………………… 48
责任感的寻求者 …………………………………… 53
"不!" ……………………………………………… 55
习惯和随之而来的身份 …………………………… 57
风险与危险的区别 ………………………………… 59
四条强有力的信息 ………………………………… 62
成长的机会? ……………………………………… 62
冒险者和责任感寻求者拥用强大的自我认同 ……… 64
成年仪式去哪了? ………………………………… 66
尝试危险的本能? ………………………………… 67

## 第四章　过度保护还是缺少监管 …………………… 69
过度保护和无人监管:你是哪一种? ……………… 71
我们应如何处理孩子们的冒险行为? ……………… 74
错误的教养方式 …………………………………… 76
试错 ………………………………………………… 79
冒险的乐趣 ………………………………………… 79
冒险是一场游戏 …………………………………… 80

## 第五章　冲动的孩子 …… 83
当孩子们被忽略 …… 83
困难是什么？ …… 87
教会孩子掌控自己的精神、身体和思想 …… 88
父母需要引导子女 …… 89
关怀型父母如何提供帮助？ …… 90
在说之前问问自己 …… 93
当孩子们的问题变成我们的问题 …… 97
"富贵病" …… 98
没有耕耘，就没有长期的收获 …… 100
孩子的真正需要 …… 101
缺乏常识的成人 …… 104
教导孩子们融入社会时发生了什么 …… 106
信仰宗教的青少年亦很脆弱 …… 107

## 第六章　风险？什么样的风险？ …… 110
寻找乐趣陷入危险 …… 111
成长在不完美的世界 …… 112
我们的时代并不危险 …… 114
承认我们的成功 …… 115
过度保护令孩子变得脆弱 …… 117
以此类推 …… 119
现实检验 …… 120
从倾听到理解 …… 122

## 第七章 说冒险者听得进去的话 123
开放沟通 124
互相尊重的交谈 128
替代行为作为干预 130
界定问题的困难 131
孩子们听到了什么 132
新视角，新语言 135
行动胜过言语 136
孩子们的难题是最好的解决方法 138
需求：新的、更有力的自我诠释 140
抗逆力的多元解释 141
抗逆力的途径 143
不同的社区，不同的替代方法 143

## 第八章 联 结 146
一个令人愉快的惊喜！孩子们希望我们参与他们的生活 149
获得关注 151
父母可以为孩子建立有力的身份认同添砖加瓦 153
安全的成长需要与成人建立联系 156
父母的决定和孩子的生存 157
培育父母非常困难 159
相信孩子的选择 160
愤怒的分离 161
风暴中的安全感 165

爱和联结的 U 形管理论 ············································· 167
　　爱的空杯理论 ····························································· 168
　　分居？离婚？父母去世？ ············································· 169

**第九章　小恩小惠** ························································· 173
　　在家中尝试 ································································ 179
　　需要鉴别的选择 ·························································· 180
　　社区 ········································································· 187
　　危险的才能 ································································ 188
　　爱上冲突 ··································································· 191

**第十章　抉　择** ···························································· 193
　　当孩子们卡在困境 ······················································· 196
　　对青春的恐惧 ···························································· 197
　　关于限制的讨论 ·························································· 199
　　从风险到冒险和责任感的隐性途径 ·································· 200
　　大声喊，再大点声音 ··················································· 202
　　说一些鼓励的话 ·························································· 204
　　让孩子们免受大众市场的影响 ········································ 206

**第十一章　回　家** ························································· 208
　　寻求有力量的身份 ······················································· 212
　　让孩子转变为成人 ······················································· 215
　　敞开和关闭家门 ·························································· 216
　　理解的途径 ································································ 217

接纳的限度 …………………………………… 219
沟通促成协商 ………………………………… 220
为什么是你？ ………………………………… 223
家是自我表达的绝佳地点 …………………… 224
向孩子学习 …………………………………… 227

作者致谢 ………………………………………… 228
参考文献 ………………………………………… 230
后　记 …………………………………………… 237

# 第一章　适量的风险与责任

汤姆和詹尼斯认为他们已经表现出了恰当的关心，他们给予女儿一切她所需要的东西。现在，希瑞16岁了，陷入了大麻烦。她拥有一切，但却不去上学。如果父母试图告诉她该做什么，她就朝父母咆哮、尖叫。当最终来寻求我的帮助时，汤姆和詹尼斯已经受够担心。

这种情况的产生并没有很长时间。一直以来，希瑞都很冲动、不擅长与人相处。为了帮助她和其他孩子交朋友，她的父母载她辗转于运动场所。一到傍晚，他们的车就像出租车一样业务繁忙，只是为了确保女儿能够融入同龄人的各种活动。汤姆担任希瑞的夏季美式足球队的教练以便能照看她。詹尼斯则把她的生日聚会搞成社区的大型活动。无论是在课堂上或是运动场上，希瑞应对得不错，还小有成绩，汤姆和詹尼斯则乐于充当他们小公主的生命守护者。

只是，小女孩现在长大了。16岁的希瑞不再适应父母为其定制的生活。希瑞不能靠自己的本事加入高中足球队。她的朋友们也开始觉得她有点奇怪。成天和詹尼斯泡在一起并不能成为与朋辈①交往的替代品。很快，希瑞变得好争辩、无礼，

---

① 译者注：朋辈是指朋友和同辈，为简单起见，用"朋辈"一词表示。

开始从詹尼斯的钱包里偷钱。她的要求也越来越多。在商场，希瑞会当着商场销售员的面辱骂母亲。瑞希只穿昂贵品牌的衣服。当拿到驾照的时候（父母出钱送她上驾驶课程），她坚持自己可以随时使用家中的第二部车。当发现这辆车有漏油的危险迹象时，汤姆为了保护女儿把钥匙藏了起来，希瑞却说爸爸不爱自己，并离家出走两天。汤姆和詹尼斯做的一切似乎都不能保证女儿安全。

或者说，所有的努力都没有成功。

希瑞发现只能靠自己的时候，她十分惊恐，开始沉沦。由于没有承担风险的练习，希瑞有时选择毒品、流浪、早孕作为解决风险的方法。毕竟，这些选择总是容易达成，而且可以弥补迷失和寂寞。

汤姆和詹尼斯并没有做错什么，他们做的是我们都会做的。他们撑起保护伞使女儿免受风雨。如果这足够的话，希瑞也能安全成长。然而，一旦安全，像希瑞这样的孩子同样需要体验失败，适时适量的失败体验能够让他们学会如何在跌倒之后爬起来，继续前行。我们所有促进自信的努力都被严重误导。孩子们需要知道自己的局限以及学会调试自己。希瑞既需要一个生命守护者也需要一艘帆船。如果有安全和冒险，爱和独立，她也许能够更好应对青少年时期的挑战。她也许有更充分的准备去开启自己的生活，跨越发展障碍的巨石。

与这个家庭一起工作，我鼓励汤姆和詹尼斯为希瑞设定限制，但也要提供让她靠自己前进的机会。我的信息很清晰："你们已经做了该做的，现在该是希瑞努力的时候了。"拿走希瑞的钥匙是对的。坚持让希瑞自己挣钱修车，并且送去修车行，证明这辆汽车是可以安全驾驶的，才是这个女孩现在真正需要的，接受这一步对于汤姆和詹尼斯并不容易。毕竟，希瑞仍是他们的宝贝女儿。

汤姆和詹尼斯是一类家庭的典型代表，他们总是害怕自己的孩子遭到伤害，于是过度地保护孩子，正是这份恐惧阻碍了孩子的成长。我们身边不乏此类例子，有些孩子直到快 30 岁了，还不离开家，对家庭也没有经济上或情感上的贡献。尽管享受了各种机会，这些年轻人仍然成长为有问题的、吸毒成瘾的，甚至要坐牢的成年人。生命没有意义，更糟的是，他们会选择自杀。很多成长环境过于安全的青少年在家长安全化、严格规定的程序中迷失了自我。这些孩子们告诉我，他们拥有一切，但他们真正需要的是一些体验适度风险和责任感的机会，尝试对他人和自己负责。

> 太多的风险使孩子们陷入危机，太少的风险让孩子们没有健康的机会克服成长过程中社会心理发展的困难。

### 我们的担心已变成孩子的问题

几十年前，俄国教育心理学家利维·维谷斯基[1][①]（Lev Vygotsky）提到所有学习都源自体验。我们不能只想要成长，不想双手被弄脏，必须体验一切我们需要掌握的东西。一个从

---

① 译者注：此处的上角标数字序号（以及后面出现的同类序号），表示原著作者的注释序号，请参见本书最后的参考文献。

来只在平稳、安全的地面上行走的孩子长大后会变得笨拙。一个从来未独自面对公众的孩子长大后会变得害羞和犹豫不决。维谷斯基建议成年人为孩子们提供各种机会的支持性结构体系，并称其为"脚手架"。我们不断地为孩子们提供微小的、可以克服的挑战，一步一步来，就像梯子上的横梁一样。

在很多社区中，我们失败得很惨，我们做得太多，将孩子们置身于真空无菌的环境中，他们没能得到健康成长所需要的体验。生于中产阶级家庭的这一代孩子，无论住在市中心、公寓街区，或者郊区别墅，他们幸运地拥有人行横道、邻里照管项目、交通协管和课外活动辅导员，然而，他们却没有机会学会应对生命中的挑战。我们无心造成伤害，相反，我们热衷于为孩子们提供情感上的保护伞、头盔、座椅安全带、质量好的操场器械，放学后的监督，无休止的傍晚课外项目，只允许孩子去附近的商场玩耍。不知不觉中，我们父母创造了一代没有做好准备迎接生活的年轻人。

> 关怀子女的父母为孩子的成长提供"脚手架"，而非仅仅提供安全的保护衣。

### 行之有效的良好教育方法

问题在于教育子女并不是一门具体的科学。每个孩子也没有所谓的操作指南。对一个孩子可能是好的风险，对另一个孩子可能是一场灾难。被一个孩子解释成令人难以忍受的父母的行为可能正是另一个孩子喜爱、舒适的教养方式。

所以我们如何判断什么样的教育方法最适合自己的孩子？怎样才能为他们提供一种即带有一定风险因素以培养责任感，又不至于使他们处于危险中的成长环境？在这本书中，我不时会邀请你反思自己的亲子实践，鼓励你先从不同的角度思考孩子的需要，再请你尝试新的教育方法。

接下来的章节中，我会向你介绍很多青年人及他们的家庭。案例中的主人公是一些所谓的问题青年，他们的行为可能比你的孩子的所作所为更糟糕。这些故事都是基于真实案例，仅仅是为了展示被过度保护的孩子的可能的遭遇，而不是必然发生的结果。

对于一个家庭行之有效的办法未必对另一个家庭起作用。我的建议是父母最好应该先相信自己，忽略所有权威专家的言论，包括我自己在内。最终，那些用爱和关心保证孩子不受伤害并愿意竭尽所能去维系同孩子关系的父母往往能够教导出更好适应社会的孩子。家庭多种多样，没有一个处方能够适合所有家庭。下面有三个家庭，每个家庭都有一个吸毒的青少年。

### 三个家庭，三个孩子

一号家庭是麦克莱兰一家，居住在中上阶层的社区，这里的草坪都是经过认真修剪的。虽然你很少看到人们在草坪上活动或者在人行道上走动，但教堂和社区的价值观非常强烈。麦克莱兰家的两个孩子都由司机从一个活动接送到另一个活动。麦克莱兰夫妇都工作，工作时间比他们希望的要更长。每个孩子都有自己的电视和独立浴室。一旦有机会，家人就会一起吃饭，但是孩子们和保姆一起吃饭的机会远远超过了父母。当在15岁的女儿凯茜的房间中找到大麻时，夫妇俩坚持让她参加心理咨询和为期28天的住院治疗项目。凯茜则抱怨父母不理解自己。她告诉他们，毒品是一种自我表现的形式。此外，她说："我的朋友都吸毒。"她坚持认为自己很聪明，不会针管注射毒品或摄入比大麻、哈希和俱乐部里盛行的兴奋剂更加恶劣的毒品。

对于凯茜来说，吸毒意味着已经长大能为自己做决定了。这是关于归属于某个群体和寻找一些冒险体验。难怪她到处留下吸毒的线索。这是一个孩子祈求他人关注自己、重视自己的方式。还有什么其他方式可以用来向父母证明自己已经长大，已经可以为自己做决定了吗？她已经长大，渴求承担一些真正的责任（她不想要保姆！）并热切地渴望冒险。不出所料，那些治疗没有一点作用。凯茜出院后不久，她对着父母吼叫、违反宵禁①、卖衣服换取额外的零花钱。现在，父母根本不知道大部分夜晚她睡在哪里。

邝氏一家住在离麦克莱兰一家一公里外的郊区。他们居住的社区是七年前改造的移迁社区，这里曾经是工人阶级的社区，现在蓬勃发展。邝先生夫妇对于女儿晓琳要求很严。他们坚持让15岁的晓琳上音乐课，还要求她在学校表现出色。夫妇俩希望女儿读医学院，而晓琳却希望有朝一日可以学习人类学。她的父母坚持认为社会科学不是一个明智的专业选择，但是他们让她参加一个当地大学的暑期科学夏令营，在那里晓琳

---

① 译者注：宵禁是指家长禁止孩子夜晚外出和夜不归宿的规定。

参与了医学和人类学的相关活动。

晓琳在商场的电子商店里偷 MP3 播放器被抓获，此后邝氏夫妇才发现晓琳吸毒的习惯。法庭指定的社工告诉邝氏夫妇，晓琳试图用这笔钱为自己和朋友买酒和毒品。社工说自己已经认识了很多晓琳的朋友。"好孩子们，"社工告诉邝氏夫妇，"他们不会陷入严重的问题，当然也不是天使。"邝氏夫妇意识到女儿已经选择那些家教没有他们严格的孩子们做朋友，在家里地下室中，他们可以任意妄为。

此后，邝先生切断了女儿和朋友们的所有联系。不许她打电话，也不许发电子邮件。他们坚持要让晓琳体会到自己的行为带来的所有后果，陪同晓琳出庭受审，然后确保她执行了社区服务所规定的每一个小时。他们禁止晓琳外出三个月。

让人吃惊的是，晓琳接受了所有的惩罚，也停止吸毒和喝酒。她更换了自己的朋友圈子。她投身于音乐，学习成绩也突飞猛进。她的父母对于晓琳的改变很满意，也忘却了晓琳曾经犯下的所有过错。第二年，晓琳向职业咨询师咨询进入医学院所需的各种课程。非常明显，放弃冒险后，晓琳安于实现自己的社会角色，非常善于满足父母的期望。

18 岁那年，晓琳大一，被医院转介给我。晓琳用刀片划自己的手腕，但又坚持说她并不是真的想要自杀。医院只是留她住院观察。现在，她面临的最大问题是如何应对父母，因为她知道，回家过感恩节的时候，他们一定会发现她做了什么。那些手腕上的伤痕将永远不会完全消失。

第三个家庭是比利尔斯家，也有一个 15 岁的女儿，叫林恩。林恩看上去像是从一本摇滚杂志封面走出来的人物，黑色的眼睫毛、粗项链、很多耳钉以及上臂的花色文身。比利尔斯一家居住在比较安静的乡村社区，他们认为这里和城市的距离很合适并且安全。他们的两个更为年长的儿子从未招惹任何麻烦，但是他们知道女儿正在"弥补"哥哥们所没有尝试的事情。林恩曾是一个非常可爱的小女孩，她的粉色房间收集了数不尽的毛绒玩具。现在，林恩说自己只是在追逐潮流，而不是父母所理解的那样。她仍然喜欢待在家中。她认为抽烟是愚蠢的，但是吸毒和饮酒时却从不犹豫。她和父母无话不谈。她的父亲是一个水管工，做自己的小生意，母亲则在当地的图书馆工作，夫妇俩不知道该拿林恩怎么办。他们满足林恩的所有要求。虽然他们一直反对林恩文身，但她还是搭便车到市中心的美容室，用祖父母给自己的生日红包文了个图案。林恩的父亲对此非常愤怒，开车带林恩回到美容室，看看这个地方是否"干净可靠"。

除了偶尔的争吵，林恩坚持自己没有问题。她按时上学，安分守己。她有很多朋友，从来都很大方介绍父母和他们认识。她在家从不饮酒，只要父母愿意接送自己参加朋友们的聚会，她就同意按时回家。她喜欢吓家人一跳，在每个节日派对，她的着装都极度狂野。林恩的母亲说她从来不会去救世军（the Salvation Army）品牌店买衣服，但喜欢逛当地的二手衣商店，在打折的箱子里翻找衣服。母亲告诉林恩，只要衣服不是破烂的或者过于性感的，都会给她买。这是一个合理的妥协。有时，当妈妈不同意买的时候，林恩就会用自己在午休时间照顾学区附近老年人挣的工钱购买。

你的家庭可能和上述三个家庭的任一个都毫不相似，抑或很相似。值得注意的是，无论何种情况，凯茜、晓琳和林恩分别面对不同的家庭文化。她们每人都有特定的优势，每个人也都接受了不同的关于自己的、追求冒险和责任感行为的信息。

当三个女孩寻求更多的冒险和责任感的时候，没有现成的定律为她们提供类似的经验。凯茜渴望被视为青年人从而得到尊重，得到父母更多的关注。她希望父母看到自己的真我，看到他们培养出来的独立自主的女儿。晓琳则希望少点关注，而不是更多。她需要更独立并自己做决定。像她这样的孩子极度渴望被给予冒险和承担责任感的机会。林恩的生活狂放不羁，但在这三个女孩中，我却最不担心她。因为她懂得维持同家庭的联系且相处愉快。她关心社会，在很多方面表现出成熟的个人特质，使我确信她可以适应生活。虽然冒很多风险，包括吸食毒品，但她并没有让这些影响自己。她有时直言不讳，但关心他人，这会使她成为一个出色的成年人。即使一路以来，她都让父母很头疼。

### 尝试不同的做法

成长的过程中，你是否认识与刚刚介绍过的三个年轻女孩类似的女孩？假设她们已经长大成人，你和其中之一有机会交谈。她会怎么解读自己的行为？什么样的冒险算是足够危险？她会说自己有困难吗？我相信父母会说她有困难，但她会认为自己有困难吗？回答这些问题会帮助我们理解孩子们试图告诉我们什么。

试试下面的方法：

- 试想你的配偶会怎样应对孩子们的问题，接下来你也尝试如法炮制。至少尝试一次。在我们家,这意味着我要确保孩子们每一餐都布置餐桌,把叉放在左手边,刀放在右手边。这就意味着,只有我们坐在一起,才会开饭。吃饭时不能随意走动。这是我妻子中意的方式,晚餐就应该全家人都在场。她当然有她的理由。我并不像她那样看重晚餐,但我已经深谙偶尔按照她的方式行事的好处。如果你不想效仿你的配偶,你可以尝试下效仿你欣赏的其他人。这里的关键是要领悟到没有唯一正确的育儿方式。

● 邀请你的孩子安排你们家庭生活的一个方面,仅此一次。让你的孩子决定周五晚上去哪家餐厅就餐,或者让他决定暑假家庭度假的地点。如果你感到经济负担很重,或者地方有些诡异,你千万不能同意,但请接受那些你感觉有点不舒服的地点。

做这些练习不是为了改变你的养育方法。它们是为了帮助每个父母意识到养育孩子或者经营家庭没有唯一正确的方法。麦克莱德一家、邝氏一家和皮利尔斯一家做的很多事情都很不错,尽管他们是很不相同的父母。如果我们越灵活,我们就越能做更好的父母。

### 从小培养

对于很多孩子们来说,寻找足够冒险体验和责任感的挑战开始得非常早。似乎孩子越大,我们就越难知道应该为他们做些什么。多少监督才够?应该赋予孩子多少责任感?什么样的冒险行为对于 12 岁的孩子是合适的?那么 17 岁的孩子呢?有时候这些问题的答案显而易见。我能够感受到，一方面是来自于自己的经验，一方面周围人的做法也是很好的提醒。我有两个孩子，儿子9岁，女儿11岁，我允许他们自己走路上学。只要承诺不带朋友来，他们可以短时间独自待在家中。他们说服我们夫妇给他们买了一只狗，他们要为它负起责任，尽管我们也和他们一起分担责任。我们的孩子已经分别独立乘坐公共汽车去拜访他们的祖父母，还有一次他们没有我们的陪同自己搭飞机去看望住在蒙特利尔的表亲。

尽管有时候，承担多大冒险和责任感对于孩子们是合适的，这一答案很模糊。最近，随着孩子们逐渐长大，我越发对于如何做正确的决定感到迷茫。当我拿到两张滚石乐队的露天演唱会的门票的时候，我带儿子斯考特一起去。作为一名鼓手，他热爱音乐，但是演唱会蕴藏一些风险。至少是，潜在的风险。演唱会伊始，很多裸露上身涂满人体彩绘的少女走来走去（是不是少儿不宜？）。在我们前方，一群40多岁的人开始偷偷摸摸地抽大麻。当我们等着滚石乐队上台的时候，儿子在我耳边小声地问，"爸爸，那些是烟吗？"

我如实相告。我知道这是一个讨论关于吸毒及其危害的好时机。但在六层高的扩音器里传来的震耳欲聋的声音下啰唆是个更大的问题。这是不是太多、太快？我知道我并不是唯一困惑的父母。

曾经有一天，我和只有7岁的女儿在操场上玩耍。我记得听到了一位母亲严厉地对自己的4岁多爱冒险的女儿说"别再爬高了"。当时，这位母亲站在离我们不远的地方。小女孩正玩得起劲，根本没有在听。她继续攀爬一个被漆成明亮色彩的、形状像巨大龟壳的架子，红色的金属管子正好是孩子的手掌抓握的尺寸。"够高了，苔丝。听我的，否则我们立刻回家！"女人的声音很生气，势必让小苔丝按照她说的去做。我站在旁边，正在帮我自己的女儿梅格推秋千。她催促我说："使劲儿推！"我照做，只是没有像她吩咐的那样用力。这时，小苔丝已经爬到妈妈够不到的地方。但她还没有爬到架子的最高处。我看着小女孩停下攀爬，但也没有要下来的意思。她只是紧紧地抓着，她的小屁股悬在空中，两只白色运动鞋紧紧地蹬在脚下的横栏上。她没有看她妈妈，然后径直向最后几节横栏爬去。

"苔丝，你立刻给我下来。"妈妈再次大吼。我感觉到了这位母亲声音里的惊恐，不再是愤怒。苔丝似乎也察觉出了这份焦虑，低头看了看，心生恐惧，大哭了起来。

"我不下去。"她边说边抓得更紧了，把肚子贴在横栏上，让自己变得不稳了。听着妈妈的吓唬，苔丝开始大哭起来，退回到妈妈可以抱她下来的高度，然后妈妈一把把她抱了下来，狠狠地放到地面上。

站在一旁，我对于苔丝和她的母亲都感到抱歉。也许，我是对自己感到抱歉。我在想苔丝的妈妈上一次体会攀爬横梯游戏是什么时候？25年前？毫无疑问，像我一样，她的身体已经很久没有体会到身体平衡、高空挑战和体验触手可得的危险的自我满足感所带来的愉悦心情了。我的胳膊和腿比我的大脑对这些感觉更有印象。苔丝可能有段时间不会再尝试任何如此冒险的事情了。这个想法让我很难过，因为我和妻子对孩子也这般小心翼翼。我非常感谢苔丝那天教会了我一些很重要的事情。我的女儿再次呼喊"爸爸,推得高一点,让我翻个个儿。"我用双手牢牢地抓住她的秋千,大声喊道"抓紧了啊",然后我跑着将秋千拉到我手臂能伸到的最长的高度,使劲地一推,然后迅速从秋千下面跑出去。我头顶上方传来了女儿梅格爽朗的笑声,这笑声里夹杂着丝丝害怕与没有束缚的愉悦。

**4C原则:培养安全和有责任感的孩子**

我们的游戏场一度没有那么多的监督。孩子们可以自己去街角的商店为父母买牛奶或者买烟。现在看起来,那些都是问题。我们成长的过程中有很多美好的事情。我们有更多的机会去体验挑战、冒险并承载责任和父母的期望。但是那时也有很多不好的事情。

有个折衷的方法更好地抚养出具备4C原则的孩子:即有能力(competent)、有爱心(caring)、乐于贡献(contributors)、关注社区(communities)。很多成长良好的青少年都很好地体现了4C原则。

有能力的孩子会知道自己的才能,并抓住机会展示它们。

有爱心的孩子富有同情心,并能向他人表达。

这些孩子把他们的才能和关爱的能力作为一种作贡献的途径。那份贡献不仅能够带来认同,而且能提升个人力量,即自我效能感。愿意为他人福祉作贡献的孩子知道自己可以改变世界。

如果要培养有能力和爱心、乐于贡献、关注社区的青少年,我们首先要定义什么是社区。社区是一群分享共同的身份和地理环境的人。社区可以小到一群朋友,或者大到在互联网上遇到的任何与你分享共同兴趣的个人（如 Trekkies,《星际迷航》的粉丝们组成的社区）。知道自己有能力、有爱心且乐于贡献的孩子们更可能有社区意识、使命感，并为自己感到自豪。

然而，难题出现了。在儿童心理健康诊所、青少年矫正机构、学校和社区康乐中心里的孩子们曾和我争论，最终使我逐渐了解到他们中最有抗逆力和健康的孩子是那些成为社区（任何社区）一分子的孩子。当允许孩子进入社区促进其积极行为的门关闭时，孩子们会选择那些入场代价低的社区。吸毒、越轨、派对和辍学也都能提供一种社区的感觉，这一社区也有目标，也有聚集的地点，似乎和远离麻烦的学校一样。这类社区，与主流社区一样，能为参与者提供冒险和承担责任的体验。甚至越轨青少年会告诉你他（她）对自己的群体有一种忠诚感。其他的越轨青少年也许会坦言道她的喜欢自己制造的麻烦。一旦理解这一点，我们就能更好地解码孩子们的选择。不管通过什么方式，他们都要成为社区的一员。不管是主流的，还是边缘的。

我花了很长时间才领悟到这一点。事实上，长久以来，我感觉自己的临床实践和研究是为了防止孩子们接近那些能够带他们体验可预见的风险的人。青少年逐渐让我认识到，当标榜自己勇于冒险或者寻求承担责任的时候，他们更加喜欢自己。当他们兼顾二者时，他们告诉我自己获得了 4C 原则。

孩子们坦言他们喜欢在成年人的注视下挑战极限时的自己。在成人的注视下，他们往往更可能成功。他们知道这件事！换句话说，他们更愿意成为对社区有所贡献的人，而不愿意得不到父母和监护人的尊重。我们的孩子不愿意成为社区发展中的无辜的旁观者,他们想要参与。他们想要成为冒险者和承担责任者,参与行动,运用他们的才能并展现他们关心和应对的能力。

相反,很多孩子和青年被告知安静地坐在路旁,远离风险,不要去承担责任。成年人以为用保护和监督的方式是为孩子们谋取福利。然而孩子却有不同的观点。为了表示反对,他们选择结交问题同伴而不是认同自豪的父母作为平台来表达自我并开展实践。

**多少监管才够?**

那么,多少监管够呢?很多父母可能要开始辩解说我们仅仅是关心孩子的福祉。大卫·安德瑞哥(David Anderegg),《一直担心》(Worried all the time)一书的作者,在最近一期的《读者文摘》上描述了"直升机父母"[2]的现象。这是一个浅显易懂的术语,描述了一些父母总是担心和害怕各种各样的坏事有可能发生在孩子身上,于是无论孩子去哪,他们都像直升机一样悬浮着,如影随形。问题是成年人的恐惧是否会成为孩子们的负担?那些恐惧能否传达爱?或者孩子能否感受到成年人的焦虑?这是否能使得孩子更开放、更有能力关心自己和他人呢?或者会使得孩子变得僵化而又无情呢?父母一旦停止担心好像就是不负责任。但真的需要时时刻刻担心吗?而且真的要担心所有的事情吗?我不确定,如果我是个孩子,我自己能否在这样的监视下健康成长。这确实令人沮丧,那么好的意愿却带来了我们绝对不希望发生的结果。爱变成了孩子必须抵抗的东西。安全,变得令人憎恨,而不是让人喜爱。

当父母的过度恐惧抑制了孩子,结果带来他们无休止的叛逆和鲁莽的行为,不是发展他们的心智,而使得他们陷入危险。

一些青少年容忍他们的父母。我认识的一个男孩提及母亲的溺爱时,叹着气对我说:"我真希望我妈妈找点别的事情做,不要整天围着我转。"

> 太多的安全不是青少年所需要的,也不是我们成年人所需要的,只要想想我们自己小时候就会明白这个道理。

### 健康的父母养育健康的子女

当我遇到把时间精力都放在孩子身上的父母,他们坚持孩子房间的东西应该如何摆放,他们视孩子的生活为自己的生命,我承认感到一点难过。为孩子们难过,他们不是被宠坏就是太压抑了;我更为父母感到难过,他们某一天醒来,发现一无所有只有一个空巢。

然而,我能体谅这种冲动。我们习惯了充当全能的父母——提供食物、答案、动机和交通的父母。我们是孩子们的榜样。这是一个不论是我还是其他任何父母都不愿放弃的角色。这出于我们爱的本能,也是孩子们成长的方式。他们开始视我们为健康生活方式的榜样,学会在自己的需要和他人的需要之间做好平衡。我们度过闲暇时间的方式会变成他们的休闲方式，我们如何对待朋友和亲属，我们如何照顾自己和亲密关系，他们也都将学到。

忽视自己个人需要，并为孩子的需要牺牲一切的父母（假设社区中有充足的其他的支持）正在剥夺孩子体验平衡生活和尊重个人边界的宝贵课程。我总是告诫父母："先照顾好自己，如果不是为了自己，那就为了孩子。"

> 父母越健康，孩子越健康。

最后，健康的父母是不是为孩子的健康的生活方式提供了榜样呢？健康的父母是：
- 为亲子关系设定健康的界限。
- 既要关心他人也要尊重自己的需要。
- 在危机面前保持冷静。
- 找时间做对自身有利的事情。
- 当别人提出要求时，坚守自己的个人界限。

这样的父母给孩子提供的礼物远比干净的房间和24小时的保姆来得伟大。他们提供一个角色榜样。

著名作家和心理学家哈拉·艾斯特菲·玛菲诺（Hara Estroff Marano）在《当代心理学》杂志上谈到美国现今是个"无能者的国家"，她思考为什么"父母已经到了疯狂的程度，要将孩子们的一切困难和障碍排除掉？"[3] 上一代大学生最关心人际关系，然而现在，心理焦虑和抑郁的大学生的数量空前巨大。我们做了什么，制造出那么多焦虑的孩子？我们不去寻求答案，而是重复做得更多，为孩子增添了更多的保护伞。大学生课业日趋繁重是一个日益受到关注的话题。教授们之所以反对这一趋势，主要是愤怒的家长们的抱怨不胜烦扰，而不是倾听了成绩欠佳的学生。

当然，这仅仅是父母长期过度保护行为的最新进展。我朋友的 14 岁的女儿在教小学生游泳。最近，当她要求一个 8 岁孩子重学一遍游泳初级的时候，可笑的父母要求，为了保护孩子的自尊，让他顺利进阶。根据规定，孩子需要踩水足够长的时间或者游水 100 米才能进阶下一个等级。然而孩子的父母不能理解这点。他们不能容忍自己的孩子"落后"。似乎这一决定是针对孩子个人的歧视。确实，当我听到这个故事的时候，我想如果质疑孩子是否可以进阶的话，在游泳池试一试就知道了。看看孩子能否向前游一百米就清楚了。让孩子直接晋级不仅是错误的，是轻率的，还有可能带来危险。如果在距离岸边 100 米远的船上落水，他是一个足够强壮的游泳者吗？他的自尊心真的那么重要吗？

当父母威胁，游泳教练甚至大学教授妥协了。父母赢了，但是孩子们会付出什么样的代价？

**到底是为了谁？**

究竟是怎么回事？我们是否困惑不清：什么是对孩子好？什么是对父母好？玛菲诺在一篇相关的文章中写道，对很多家长而言，孩子变成了攀比的对象[4]，孩子们的成功是家长作为监护人能力的体现。这样做的一个结果便是带来了不健康的过多的监管。成年人过分保护孩子，孩子们丧失了健康成长所必需的失败体验。

是的，这是父母显现如何对子女充满爱意的证据。可悲的是，这并没有得到父母想要追寻的结果。只有孩子追求他们的热情所在的时候才能获得真正的成功。在我的咨询工作中，我鼓励孩子们通过一定的冒险行为和寻求责任行为来表达他们对于生命的热情。我鼓励父母对何时监督何时放手做出战略性的决定。我警告他们避免压制孩子们的独特之处。这是父母和孩子之间的平衡舞蹈，他们很少为同一曲音乐所打动。

我们的世界已经不需要更多人做同样的事情。我们需要对选择的职业拥有热情和创新的冒险者。我喜欢热情的年轻人，因为：

- 他们将是最佳的雇员。
- 如果是冒险者或者承担责任者，他们会将丰富的人生阅历带入工作。
- 当工作遇到瓶颈，他们很少抱怨。
- 他们对于自己的成绩有个真实可靠的评价（他们从不夸大！）。

这一类型的年轻人最得雇主欢心。承担责任和寻求冒险是帮助年轻人学会独立并对家庭、工作和社区承担责任的最好方式。这仅仅需要寻找到合适的出口。

这个成功需要父母的努力。我们必须让孩子去体会人生中的挫折以便建立起健康且坚实的自信，面对并渡过难关。

### 三个问题

如果你是孩子的照顾者（父母、老师、教练，或者是大哥哥大姐姐），生活在相当安全的社区，那么我请你思考如下三个问题：

- 首先，你真正担心的是什么？孩子们生活的今天已经远不像以前那样危险了，我们有数据能证明这点。
- 其次，你做了什么帮助青少年转变为成年人？我们能够帮助孩子健康成长，如果我们提供他们去展现自己能做什么的机会，以及安全通行的结构：什么是孩子的行为，什么是成年人的行为。
- 最后，你为他们提供了哪些替代行为？以危险方式行事的孩子急于寻找到冒险和责任感。取决于我们成年人为这些行为提供替代品以便将他们的需要变成我们社区的一个积极部分。简而言之，当暴露在数量适宜的、可掌控的风险和责任感之下时，孩子们是最安全的。

那么，我们担心什么？

时常困扰父母的正是孩子们说他们需要成长的这种经历。就像停泊在港口的船只，现在的孩子们看起来比以前更友善、有更多的潜能，停留在港口无所事事绝非他们的目的。我们教的一切都是为了让他们更好地远航。"但我们犹豫了，"临床治疗师伊丽莎白·鼓瑟耳（Elizabeth Guthrie）医生在《完美的麻烦》（The trouble with perfect）一书中提醒我们，"为了发展一个强大的自我，孩子们必须要面对失败。这是任何成就必不可少的组成部分。无论是孩子，还是成年人，没有人可以不冒失败的风险就获得成功。"[5]

好消息是，如今孩子们生活的世界比历史上任何时期都要安全。虽然上一代的世界充满更多的危险，但是我们还是在前所未有地过度保护孩子。犯罪、青少年性行为、吸毒和高中毕业率低等等，这些情况都在好转（详见第六章）。即便这些证据都不足以说服我们，但阅读安·玛丽·麦克唐纳（Ann-Marie MacDonald）的《乌鸦飞的方式》（*The way the crow files*）应该可以。她对于20世纪60年代早期北美小镇的可怕描述勾勒了当时孩子们曾经面临的危险。正如麦克唐纳所展现的，即使是最好的父母也拒绝相信孩子们可能成为性虐待的受害者，忽略了应该告诉孩子们什么，也没有采取任何行动保护孩子们免受显而易见的伤害。我们没有理由将过去理想化，当今的孩子远比以前的孩子更安全。

事实上，极少数人会经历我们每天在福克斯新闻看到的悲剧。美国的研究者指出，暴力对人们的影响是有一定的方式的。[6] 你住在什么地方、你的家庭行为方式和生活方式的选择，都影响着你是否会成为犯罪或攻击的受害者。这就是说，对于我们大多数人来说，成为受害者的风险极小。另外，经历过一次暴力事件的人有可能经历更多的暴力事件——可能达到17次之多。然而，所有这些假设都得建立在你生活于高犯罪率的社区，更重要的是，你的生活方式将你置于比其他人更多的风险之中。

尽管我们经常担惊受怕，事情的真相是极少人遇到巨大的风险。

中产阶级家庭中的孩子真正的危险是空虚的感觉,既没有归属感,也不觉得自己对任何人有价值。当我们否定孩子们感受挑战、寻求责任感和自豪感的机会时,我们就播下被19世纪法国社会学家迪尔凯姆(Émile Durkheim)称为"失范"(anomie)的种子,即自杀前的空虚感受。真相是孩子们的危险来自于自身,而不是他人。四分之一的北美少年经历物质滥用或精神疾病(包括抑郁症),这两个问题都和空虚感紧密相关。然而,只有少于六分之一的孩子们接受过他们所需的服务。自杀是10至24岁的青少年死亡的第二大原因,仅次于交通事故。[7]这是一个严峻的问题,解决方案就在孩子们自己手中。

**跳跃迈入成年**

当孩子们在挑战极限时,更有可能使自己努力适应自己的社群,成为有能力、有责任感、可被信赖的个体。那么,是什么让我们如此畏惧孩子对于危险的请求?如果诚实地面对自己,我们大多数人都会承认,自己年少时也曾挑战自己极限并让父母非常担心。我们寻找危险,或者至少是我们认为的危险。我们做生存和成长所需要的一切,将自己陷入危险的境地。虽然可能留下一些小的伤疤,我们可以迈向更好的生活。

> 如果能向过去学习,向工业化程度较低的社会学习,那么我们会发现孩子需要合适的成长仪式,从青少年转化为成人。购买时装、在网上搜索黄片、成功地体验最新在线游戏,以及其他的青年人的类似体验都不能给孩子们提供他们所需要的经验。

与其他文化一样，我们的社会也曾自豪地为青少年提供成长的仪式。一个半世纪以前，年轻人向父母学习，年纪很小时就承担家务责任，参加社区中所有人都参与的庆祝庆典，明白他们在社区中所能做出的贡献。将过去的时光浪漫化非常容易，当然，我们不能忘记那时的孩子很小就不再上学、早婚。更糟糕的是，雇佣童工盛行。那些孩子们挨打、被虐待，承担了过多的责任。

那么，哪个故事更真实？实际上，他们都是真实的。150年前，在黑暗的狄更斯工业革命时期，在《儿童权益保护法》颁布之前，儿童得不到所需要的保护和安全感。很少有人知道，美国首个保护儿童不受虐待的是哈利·伯格（Henry Bergh），他建立了爱护动物协会（SPCA）。1875年，伯格和他的纽约社区组织成功保护了被继父母虐待的8岁女孩玛丽·艾伦·威尔森。伯格解救她时向法庭援引了保护动物相关的法律条文。[8]

孩子们应该免于虐待和剥削。约一个世纪之后，几乎所有国家（美国是一个不幸的例外）都签署了联合国公约，认可儿童的权利。所有这些都让我们忽略了：一些孩子为自己能工作赚钱养家感到自豪，而不去上学。在19世纪，现在的很多国家也还是如此，童年非常短暂，但有些孩子渴望童年早点结束。

很多孩子，特别是那些问题孩子，告诉我他们渴望拥有比善意的父母所允许的更多的一些事情。具有讽刺意味的是，通过工作、社交关系、身体挑战来寻求冒险和责任感经常被否定。中产阶级的黑洞告诉孩子们"别落下，耐心等待"。少数但比例相当高的孩子选择让自己惹上不必要的麻烦。

# 第二章　问题行为的替代选择

如果不能帮助孩子做好离家生活的准备，我们就不是好父母。例如，年轻人，特别是暑期学生，在工作岗位受伤或意外死亡的概率是普通全职工人的六倍。[9] 死亡的原因常常是青少年在工作中轻率行事，或因未受过培训而不懂得如何在危险情况下保护自己。在第一种情况下，我们需要质问自己，我们是否在孩子成长的过程中为其提供了足够的教育，让他们知道如何在冒险和保证自身安全之间做好平衡。对于缺乏培训将青少年置于危险的情况我们也要同样提出质疑。20岁出头从未走上工作岗位的年轻人要学会如何保护自身安全、如何求助、知道何时说不，并愿意承担离职的风险。职场悲剧是可以避免的。作为父母，我们应该提供一个框架帮助孩子们长大后能应对更有风险的情境。

尽管我们的孩子们生活在比史上任何时期都更安全的时代，我们作为父母的过度保护制造了一系列的其他问题，例如青少年失去希望、与社区割裂以及否认自己的责任等。如果工作中存在危险因素，父母就不让他们去工作。这样安排也不错，但是待在家里妨碍他们获得良好成长所必需的磨炼。

> 如果将孩子们完全遮蔽于生活的挑战之下,我们不能为他们的成长带来一点好处。

他们待在家里。总体而言,我们的孩子比任何时代都晚婚,男人的平均结婚年龄是29岁,女人是27岁。[10]这也就意味着很多"失落的一代"还住在家里,父母们照料他们的衣食起居。我们就有责任帮助他们从小就拥抱冒险和承担责任。我们可以做得更好:既给青少年提供机会去体验冒险和责任感,但又不要回到那个剥削的年代,当然也不能让孩子们剥削我们。

我经常问来参加我的工作坊的人们一个意想不到的问题,"你们什么时候从父母家搬出来住?"一屋子的父母、教育家、社会工作者和其他精神健康的专业人士,大多数都说17、18、19岁第一次离家。当谈到这个话题,屋子里常常发出一阵阵集体的欢笑。我们感慨,我们怎么那么年轻的时候就有能力为自己做那么多的决定。

我们中的一些人曾用冒险行为作为策略来反抗过度保护的父母。另外一些人则以身试险,因为在动荡不安的时代中没有人给我们指导。有一点可以肯定,我们都想跳跃新西兰研究者特瑞·莫夫特(Terri Moffitt)所说的"成熟代沟"(maturity gap)。[11]不管通过什么方式,我们试图说服身边的人,我们和成人一样有能力。

问题产生了。就像我们是孩子的时候一样,如果我们的孩子没有机会展示本事,他们便趋向在同伴群体中体验忠诚和冒险；他们用毒品挑战自己体能的限度；他们用性体验色情和依恋关系；他们尝试监狱生活以证明自己值得尊重；他们用偷东西来展示自己的聪明，他们用欺负人来证明自己的强壮。

### 尝试不同的做法

成长的过程中，你是否在家里或学校里遇到过问题少年？他们不负责任、不停制造麻烦？也许你曾是这样的问题少年。回想问题少年折磨父母、老师和同伴的方式，这些都是他们引起关注的方式。

现在，给他一些同情心。也许仅仅是这一刻，试图用他的思维方式理解他。或许你是问题少年的受害者，如果你的记忆中充满了愤怒和伤害，这也许对你来说很困难。

尽管如此，你还是从问题少年的角度来思考，哪怕是一分钟也好，你会发现一个什么样的世界呢？你会找到一个自信的孩子，还是一个十分渴望爱和认可的孩子？或许你两个都发现了。不管你发现了什么，我猜想，你肯定会发现一个用尽各种方法去体验力量并不计后果的孩子。

我们需要问一个问题，这个孩子真的有其他选择吗？

那么如何才能为这些问题少年提供其他的选择呢？寻找一个社区中的问题少年，尝试问他下面的问题：

- 对他说和善的话。
- 诚实地告诉他们：他们的任性行为已经成功地吸引你的视线。让他们知道你的真实感受：你很担心自己和其他人的生命安全。
- 让他知道你关心他的福祉，而不仅仅关心自己。

- 如果你能做到的话，你可以表扬他擅长的事情。要知道所有冒险的孩子都有"一技之长"，哪怕技能本身包含着危险。
- 不管怎样，向他表达他依旧是你们社区中的一分子。如果他花很多时间在街上闲逛，下次你给自己买外带咖啡的时候，给他买杯热巧克力。如果你觉得安全的话，可以载他一程。即便是一句问候都在告诉他，他是很重要的。

所有这些做法和认可都是为了告诉问题少年：他们在社区中有一席之地，不需要行为乖张来引起关注。或许，如果有了归属感，他们可能不需要只是为了显示自己很特别而置自己与他人在危险之中。

## 4D 问题行为

有些青少年只能通过 4D 行为获得成功，即危险（dangerous）的行为、违法（delinquent）的行为、叛逆（deviant）的行为、失范（disordered）的行为。具有讽刺意味的是，当青少年没有机会去体验 4C 原则时，即没有机会成为一个有能力（competent）的、有爱心的（caring）、对社区（community）有贡献（contributor）的人时，这些 4D 问题行为对他们是唾手可及。在我的职业生涯里，孩子们反复告诉我，如果没有其他机会去体验冒险、感受到自己的强大，他们就会实践那些成年人贴上 4D 标签的问题行为。

### 危险行为

危险行为的孩子让别人担惊受怕，他们开车莽撞、不试水深就悬崖跳水、玩火、进行不安全性行为,他们注定要鲁莽行事,不顾自己的安全,也不顾他人的安全。这些孩子之所以激怒我们是因为他们似乎永远停留在危险行为之中。两岁时,他可能因为顽皮从二楼卧室窗户坠下,落到玫瑰花丛中;长大了,他可能会因为吸毒过量被送往急救室,原因并不是他吸毒成瘾,而是好奇心占据上风。对这些孩子而言,生活充满挑战,他们会用各种稀奇古怪的方法来获取别人的关注。对父母而言,危险的孩子只是一连串的事故以及不停造访急诊室。"为什么他们就不能消停一会儿?"父母们无可奈何,不停收拾烂摊子。

**违法行为**

更严重的是,在监狱内外,我曾见过很多违法青少年,他们与危险行为的孩子一样,行为鲁莽、危险,但两者的区别在于其行为是否触及了法律。违法青少年偷车、贩毒、殴打他人以证明自身强壮、谎话连篇。今天,随着法律对于违法犯罪行为界定的宽泛化,我们看到比以前有更多的孩子因为酒后驾车、欺凌、携带枪械出入法庭和监狱。当我们是孩子的时候,虽然父母和社区相当关注这些行为,但法庭并不视其为违法。

> 如果我们不能给孩子们提供让他们觉得自己更像成人的经验——有能力、有爱心、对社区有贡献——那么他们就会自己寻找。

**叛逆的行为**

叛逆的孩子找到我常常是因为他们的家庭和社区不知道如

何应对他们的奇怪行为。一度,孩子们如想逆反,他们就会宣称自己是同性恋、不去教堂、留奇怪的发型,或者和不良少年成群结伙。总体而言,叛逆的孩子不能符合父母或者社区的规范。对于父母、老师和关心他们的人来说,他们的选择总看起来很冒险,威胁他们的身心健康。现在这一情形也没有改变很多。我们还是希望这些孩子能够行事"正常",尽管我们说的话往往毫无用处。

**失范行为**

大多数严重的行为混乱的孩子常常是心理失常者或长期的暴力行为的受害者。他们被视为精神病患者,同时这也成为他们放肆行为的借口。他们也爱冒险,只不过我们将这些冒险行为看成心理疾病的症状,而不是有意义的自我表达。我们会不会错呢?行为混乱和多动症是我们给这类孩子的标签。这些症状常常被用来解释孩子的混乱行为、违法行为和危险行为。孩子们则把"发疯"解释为一个寻求冒险的策略。这些解释一直存在,但家长和专业助人者却充耳不闻。有时候变得混乱无序只是给孩子一个机会去做他真正想做的事,例如离家出走、吸毒、捣乱课堂、不学习,或者在没人关注他的时候要求得到关注。

> 我们可以给孩子提供足够的风险和自我表达的机会,这些都将成为4D行为的替代品。

**这不仅仅是冒险**

当然,青少年不仅寻求危险。跨越"成熟代沟"也是这样表现，我们将其联系为渴望成年。冒险者常常希望自己更像成年人。他们认为自己能够熟练驾驶汽车、在外通宵不归和饮酒，有时他们三样一起做。他们的行为会使自己或他人陷入危险境地，但是他们的动机却是使同伴和家人视其为成年人。

冒险者，无论是寻求冒险还是承担过多的责任，都只是破坏了本来对他们而言相当特别的机会。没有明确的方式知道为什么孩子们选择一些挑战而不是另一些，尽管我在下面的章节中试图呈现一些线索以便我们能解码孩子们在冒险的时候试图告诉我们什么，我们应如何与孩子沟通以便他们可以听从劝告，尤其当我们提供了对他们自己和他人都更少危险的替代选择时。

如果我们希望孩子们避免问题行为，那么我们需要有策略地为他们提供冒险和承担责任的其他替代机会，甚至于我们需要退后一步让他们体会合理程度的危险。如果我们不这样做的话，结果可能是悲剧性的。

派崔克从来没有什么好担心的。因为他一直以来都被过度监管，监管过多以至于他在监狱里适应良好。各种规则和要求——从来都不会使他困扰。

派崔克坐在我对面的一把灰色椅子上，不停摸着手铐在腕上留下的印子。他看起来就是一个普通的14岁的孩子。他蓬乱乌黑的头发需要洗一洗。他的下巴上长满了红色的粉刺。如果他不是穿着矫正所让所有少年犯都穿的灰毛衣，他看起来和普通的青少年没啥两样。他不爱说话。他眼皮低垂，眼睛四处打量，却从不看我的眼睛，他说我不会明白生活在父母无止尽的期望的有序世界中对他究竟意味着什么。我怎么会知道令人生厌的星期六晚上和每天六小时的学校生活对他来说毫无意义。他的记录显示他从未达到任何人的期望。他的八年级的报告卡告诉我他的生活充满上述问题行为，或许也有一些正向的行为。很明显，没有人怀疑过他们的判断。没有人停下来思考过派崔克真正的需要。如果他不能按照别人期望的那样去做，他还有什么可能性。

我们相遇一年之前，他试图改变他的昏暗未来，尝试明知道会将自己和他人置于危险中的冒险，巨大的冒险。他开始偷车、挑衅警察。现在入狱了，他认为一个月前他造成的"意外"只是一个错误，造成一位50岁的警察的死亡，他是三个孩子的父亲。我知道他并不想杀人。过一段时间，你可以辨别，哪些孩子是在说谎，哪些孩子只是在向你解释他的世界是如何运作的。派崔克和他的朋友偷车，当警察跟踪他们，他们飙车，游戏开始了。引人注意的是，一个星期之前，派崔克也做过一样的事情。警察截住他只是因为他在高速路上时速超过30公里但没有系安全带，继而发现他开的是偷来的越野车。于是他和其他九个同伴被置于父母的监管之下，等待开庭。派崔克并没有因此而收敛。他非常自信，知道每次都可以摆脱警察的追捕。因为警察不会在高速上飞快追车，而是倾向于稍后再抓住青少年，他们带着武器，有着职责。

派崔克的父母不能理解他们的儿子。他们不想看着他锒铛入狱。他们希望他可以踏实地待在家里。他们本来以为开庭后，他会安顿下来，认真对待学习。他们一早就决定要保护他不去承受自身行为带来的后果。当派崔克因打架闹事被冰球队开除时，夫妇俩先指责教练，进而才训斥儿子。最后，他们也恼怒，耸耸肩对他说，"你自己做的事，自己承受。"但他们说的并不算数。他们又给他报名参加足球队。

当发现派崔克周六晚上喝酒，回到家醉醺醺的时候，他们没收了他的零花钱，将酒柜上了锁，给派崔克下了宵禁令。派崔克似乎并不在意。反而，他学会了偷钱、雇成年人给他买酒。这使得他得到朋友们的崇拜。

当派崔克的学校打电话来说他得重修 8 年级，派崔克的父母对老师们大吼大叫。他们不知道对派崔克说什么，所以说的很少，除了警告他，如果明年成绩不能提高，就不能再看电视。这回轮到派崔克耸耸肩了，他所有的朋友家都有数字电视。他可以到那里去玩，假装去做作业。

没有人想过除了现有的规矩和纪律，派崔克需要什么。有时候，派崔克，与有类似行为方式的很多孩子一样，会说他们只是为了好玩。稍微了解多一点后，我认为他的意思是需要一个挑战，可以做一些他能做的并能够为他带来与问题行为同样关注的事情。做一些事情，向自己和他人证明他是很重要的人。

在没有一个更传统的方式表达自己的时候，派崔克做了一个"合乎情理"的决定，成为最好的违法青少年。这是一个改变他生命的决定，把他的生活和其他人的生命都变成了悲剧。

> 我们的孩子告诉我们他们需要在生活中体验一定程度的冒险，他们需要感受到兴奋并挑战他们的极限。

最初，派崔克不肯多说那起"意外"，他拒绝承认自己对那个男人的去世有责任。最终，我问他一个问题，这个问题有别于之前别人问过他的问题，改变了我们之间的关系。我头向前倾，诚恳地问："那么，开偷来的车，给你带来什么样的感觉呢？"派崔克开始有话要说。终于，有个人问了正确的问题。

如果有人在一年前想到问派崔克这个问题，三个孩子的父亲可能还活着，派崔克也不会在监狱中。你看，派崔克能告诉我关于他为何喜欢开偷来的车。事实上，他变得相当活跃，坐得笔直，享受这个向成年人解释他的朋友们如何把他看作最有勇气的孩子的机会，甚至入狱都让他在朋辈圈子里的形象更高大了。另外，他喜欢和警察玩"有本事就来抓我"的游戏，他喜欢行走在巨大灾难和侥幸成功边缘的刺激感。

让派崔克把精力往别处使说起来容易。但是，放哪里呢？除了控制、服从和批评，谁为派崔克提供了其他的东西？没有人为他提供替代品，而且要能给他带来同等的威信。

然而，作为父母，我们想要保证我们的孩子安全，我们合理的行为常常对于孩子们没有意义。如果回想童年，我们之中有多少人会满意被我们现在的教养方式所养育？相反，我们之中有多少人希望有人能为我们打开通向刺激的门，希望有人为我们提供正确的，并蕴涵着恰当风险的挑战，以及我们可以成功应对的风险，这种不至于压倒我们，但仍然让我们觉得我们力所能及。

**孩子的冒险，我们的恐惧**

我们害怕孩子们的过分行为，我们担心任何形式的冒险可能会导致类似派崔克所陷入的困境。在我们夸张的担心中，我们让孩子们的热情变成了问题。这是我们的问题，而不是他们的问题。《当代心理学》的前任编辑罗伯特·爱泼斯坦（Robert Epstein）告诉我们所有这些青年人的焦虑和担心都仅仅是心理学家的危言耸听。所谓的青春期混乱，根本不是不能规避的。[12]事实上，研究人员发现，在很多文化中，特别是那些工业化发展较慢的地区，没有迹象显示，年轻人需要运用同父母和社区相分离的方式彰显自己。为什么其他文化蕴涵的是我们文化不存在的呢？这个答案就在眼前。

我们经常不去考虑孩子是否已经准备好并有能力成功应对风险和承担责任。更糟的是，我们忽略了谁最关注孩子及其成功：是观众，是他们生活中的众多成年人。孩子们试图给我们留下深刻印象。好消息是，他们最想给我们留下深刻印象，然后才是他们的朋友。令人吃惊的是，即便是少年违法者的父母也认为孩子们受他们影响远比朋辈的要多！[13]孩子的成功真正依靠的是我们给他们提供了什么。

当我们拖孩子的后腿，使成年人担心他们的问题，不能恰当评估过度安全给他们带来的真正风险，忽视他们给别人留下深刻印象，希望别人觉得他们很重要，我们多此一举地将冒险带离了孩子们的生活。我们很少及时纠正自己的错误。

孩子们花了很多年说服我：冒险和责任感，是一件值得体验的好事。事实上，我现在确信能够妥善处理好孩子的冒险行为的家庭是那些为孩子提供同样充满风险但却没有不良后果的替代选择的家庭。那些家庭中的孩子们告诉我,当成年人提供正确的替代行为时,他们会放弃给自己和他人制造麻烦的冒险行为。这些替代行为必须为他们带来成人和朋辈的认可,比做个坏孩子得到更多的认可,孩子因而感受到力量。

提供正确的替代行为是一项挑战。如果我们要转移年轻人的注意力,我们就得为他们提供一些严谨的、有趣的、有力量、刺激的事情,来替代危险、越轨、叛逆和失范的行为。他们必须明白当选择这些替代行为时,他们仍然可以得到人们的相同的敬畏和尊重。当然,这相当有难度。

### 尝试不同的做法

仔细考虑。

你是否曾经想过要做一些让你和其他人陷入危险的事情,你的父母是否找到一个很好的替代行为?或许你不能在当地的加油站上夜班,但是你父母非常乐意帮你买工具以便你夏天开始做打理草坪的生意。也许父母不允许你16岁之前谈恋爱,但你可以去堂兄家的村舍度假,那里都是男孩子。也许,你不能在15岁的暑假独自去欧洲旅行,但可以在父母陪同下去拜访佛罗里达的堂兄。

青少年会愿意接受一个替代行为,如果行为本身也能带来一些冒险和承担责任的体验。

改变从细节开始。设想一个方法为青少年提供一些冒险和承担责任的机会:

- 推迟女儿的宵禁时间。

- 晚餐时让儿子喝一杯红葡萄酒。
- 让儿子去听摇滚演唱会,并约定好接送的时间。
- 女儿生日时,送她真正中意的衣服作为生日礼物,尽管你实际上并不希望她穿这样的衣服。(镂空的牛仔裤?铆钉领子?紧身T恤?)
- 当孩子提出暑假要出城实习时,不要阻拦他。

对于一些家庭,这些事情并不新鲜。对于另一些家庭,这些任务远比他们想象中更艰巨。每个家庭都有自己的规则。尝试一些不同的事物意味着告诉孩子你愿意重新思考这些规则。

引用一个关于渔夫和鱼的著名寓言:如果我们今天告诉孩子们不要做一件事,他明天一定会做一件危险更大、危害更大的事情。如果我们给孩子们的问题行为提供更好的替代行为,那么,孩子们会永远选择正确的行为。

不用惊奇被过度保护的孩子往往会做出更多的轻率行为。他们深夜偷偷出门、吸毒、危险驾驶、未婚先孕,甚至锒铛入狱,最悲惨的是,意外身亡。

想想派崔克,还有第一章里我提到的苔丝,他们是想要找到一些能够证明自己的有力证据。如果不能成为冒险者、勇敢的攀爬者,那他们还有什么样的选择呢?哪个朋辈群体能够为他们提供最有力量的替代品?朱迪丝·芮彻(Judith Rich)在她的获奖作品《天然假设》(*The nature assumption*)中认为,如果父母不提供替代选择的话,朋辈就会提供这些替代选择。

如果没有轻率的自我伤害行为，那么，一个孩子如何给他人留下深刻的印象？我们能做什么，让儿童和青少年感受到自信，就好像他们努力证明自己那样。

值得感激的是，当出现替代选择时，孩子们一定会改变并远离那些危险的问题行为。

# 第三章 冒险者的优势

广受欢迎的动画片《海底总动员》（Finding nemo）讲述的是孩子需要去冒险。电影主角是一对可爱的小丑鱼父子，父亲玛林和儿子尼莫。一开场，玛林因不能保护妻子和孩子们逃脱大鱼的吞噬，只剩下尼莫一个儿子。毫不奇怪，玛林有很多问题，最大的问题就是不让孩子长大和独立。父亲坚持认为小丑鱼尼莫要不惜一切代价避免冒险。仍然在灾难的恢复期（我们真的在给小丑鱼做心理分析？），父亲玛林做一切事情希望保证自己和儿子尼莫的生活彻底安全。

我们都知道下面要发生什么，是吗？尼莫，离开他的朋友，游向深海，被一个潜水爱好者捕获，并安置在他的水族箱里。现在就要比赛看是父亲拯救尼莫，还是尼莫拯救自己？

这使得电影变得有趣。父亲玛林和儿子尼莫共同承担起责任，经受这场严峻的考验。每个人都要发挥作用，不然的话，尼莫就不能得到拯救。这是个传统的好莱坞模式，电影开始于父亲过于严格地监管儿子。如果玛林一开始能稍微放松一些，让孩子无拘无束地玩耍，所有这些悲剧就完全可以避免。如果是那样的话，一切就都会变得简单。

无疑，尼莫能够在应对更多风险的过程中获益，但我不能肯定他是否能够突破限制，坚持要做他的父亲或任何小丑鱼的父亲都不让做的事情？冒险是一场游戏，我们成年人并不总是游戏规则的制定者。

重要的是，我们要记住冒险不一定是危险或者失控。并非这样。在很多案例中，当我们理解孩子试图通过冒险行为来寻求实现愿望的时候，我们作为父母和照顾者接受到并传递的信息应是如何不仅帮助他们生存和成长，更要像莎士比亚所说的"应与深如大海之无涯苦难奋然为敌，并将其克服。"冒险带来向他人彰显我们独特个性的机会。战胜一个特别困难的挑战更可能帮助我们确认自身价值并吸引他人注意。

确实如此。冒险者善于运用他们的行为作为一种方式去获取他们崇拜的人的接纳。冒险行为带来的可能性在于他人会认为冒险者非常特别。当冒险者寻求接纳，他们也希望找到有力量的方式去谈论自己。例如，"我滑板最厉害"、"我是最棒的艺术家"、"我是最棒的小偷"，或"我们班我最能捣乱了"。无论用哪种方式，孩子们都在努力展示他们的独特之处，寻求来自父母和同伴的认可，即便认可是通过做坏事得来的。用孩子们的语言来说，来自别人的批评也绝对胜过默默无闻。生活中遇到了困难，那些吸引人眼球的方式会被一而再、再而三地使用。一旦成为"问题"少年，他们会一直停留在问题行为，直到有其他更有效的行为可以引起人们的注意。这和运动员、好学生在获得肯定后继续努力是一样的道理。他们都在寻求同样的接纳，只是在不同的地方，运用自己不同的才能而已。

在没遇到米奇之前，我就听说很多关于他的"传奇"。他的母亲说她很担心他，因为他 8 年级没有毕业，年仅 14 岁就曾 4 次离家出走。每一次离家，米奇在外待的时间都更长一些，每次回来身上都伴有淤青、刀疤，深陷的眼窝看起来就像一个长期吸毒的瘾君子。母亲认为，米奇离家出走的原因也许是因为日益临近的庭审日期，因为米奇被指控犯有绑架、监禁和蓄意伤害等罪行。后来，米奇向我解释那些都只是恶作剧。他和另外两个男生将一个男孩关起来，按照他的说法，那个男孩让他很烦。他们把他关在其中一个男孩家中的地下室里，并威胁要割破他的喉咙。"我只是在那里，什么都没做，拿刀那部分和我没关系，"米奇说，"那些都不应该发生。我们只是想吓唬他一下，好让他别烦我们。"

起初，看似我们不能做什么去阻止米奇的自我破坏。然而，米奇的妈妈讲了一些很有意思的故事，一些我并没有期待听到的故事。她告诉我，他有一辆车被别的孩子划伤了，他准备开展报复。我打断了她。

"米奇的一辆车？"我问道，检查我的笔记，准备将表格上的年龄14岁划掉并换上一个更大一些的年龄。

"是的，米奇特别会理财。他是个很好的驾驶员，自己挣钱买了两辆车。他周末帮一个轮船公司开叉车赚外快。他的叔叔是那里的领班，只是平时上班，他给米奇安排了这个工作。"

"他在哪学会开车？"我问。

"他父亲教他的。"

她的语气是那么的平淡，但我还是大为惊奇。男孩的年纪刚够驾驶电瓶车，还不能开车，作为一个孩子，他承担了比他的年纪要大许多的责任。尽管他的行为，也有一定道理。米奇的父母在他不到12岁的时候就分居了。他不得不跟随父亲居住在城里的公寓。米奇的父亲周末酗酒,不让米奇和母亲接触。米奇似乎也并不介意,因为屋子很安静。米奇夫妇多年来一直争吵打架。米奇也在暴力中扮演自己的角色。母亲告诉我,米奇和她丈夫一样,也会打她。

"有一次,我让他好好学习准备考试,他把我推在墙上,用力勒我的喉咙,他从不喜欢别人命令他去做什么。"

在我和米奇母亲面谈前的几个月,她刚搬回去与米奇和他的父亲一同居住。低头看着地板,掩饰眼中的泪花,她告诉我,"这是我能看到接近米奇的唯一方法。"

我们很容易忽略米奇身上的优点。他是个暴力的孩子,喜欢吸毒并低龄驾驶。然而,出人意料的是,他同意见我,不是为了自己,而是为了支持母亲,因为他觉得她明显的抑郁。当一个5英尺11英寸高的男孩坐在我面前时,我发现自己为这个复杂的个体感到困惑。他可以被看成是16岁,但思维方式还是个孩子。他善于赚钱和花钱,但却不理解14岁的孩子是不应该开车的,更不要说驾驶叉车或殴打母亲。

"你不担心警察可能抓住你?你不担心把人打伤?"我们一起坐在办公室的时候,我问他。

"我车开得很好。"他回答道,腿伸得很长。至少目前来看,他忽略了我的第二个问题,关于暴力的问题。"另外,我能保证行车安全。不会乱开,警察也看不出我是低龄驾驶。那样会很傻。"我同意,并飞快地将他说的写下来。与米奇在一起,就像是爱丽丝梦游仙境。事情并非像看起来那么简单。

米奇的母亲当然很担心。她希望我帮米奇找一个特别的学校,课程不要那么结构化的学校。当我和她的丈夫通电话时,他认为妻子过于娇惯孩子，米奇自己可以解决这些问题。他认为，米奇不可能因为一次愚蠢的恶作剧而入狱。他会明白过来，变得更聪明。毕竟，父亲很自豪地说，米奇是个聪明的孩子，"他从来不酒后驾车。"

米奇的生活可能看起来一团糟，然而后来证明相当容易和他一起工作并为他提供帮助。当我开始看到米奇如何看待自己，解决方案出现了。米奇希望作为一名年轻男性那样被尊重，而且他已经开始承担远远超出自己年龄的责任。于是，当我们谈到暴力事件、离家出走和吸食毒品使他看起来多幼稚，这些行为又如何使得他人质疑他的成熟，他停顿下来思考我说的话。他更乐于被视为一个有工作有责任感的年轻人，而不是一个违法的逃学者。问题在于，他的母亲过于担心他，他只好竭尽所能地用各种极端的方式说服母亲自己能够照顾好自己。具有讽刺意味的是，米奇越想表现独立，别人就越以为他还没有为自己的生活做好准备。

> 我们可能并不总是喜欢孩子们的选择，但为了改变他们，帮助他们安全生活，我们首先要了解是什么促使孩子去寻求冒险。

这只是个开始。米奇继续工作并开始将上学视为找到更好工作的出路。我们谈了很多他在工作上的能力，以及大人们怎么看待他在工作中的表现。我们也谈论他在暴力中扮演的角色使得他看起来幼稚、冲动，需要别人来加以控制。这不是他希望自己被看起来的样子。

幸运的是，米奇有两条通向成年的路：一条是违法、反社会的路，另外一条更为传统。最后一次见他，一切都在变好。他去了法庭，被判有罪，愿意接受社区矫正计划。他做了法庭让他做的一切事情，他甚至恪守承诺不在家庭和同伴中使用暴力。

米奇还将两辆车都卖了，决定用卖车的钱购买立体声放映系统和平板电脑。另外，他告诉我，他不需要有自己的车，还可以时不时开父亲的车。

## 为什么要冒险？

我们的孩子，以及我们自己，会通过冒险行为去获得别人的认可。我们中有多少人会为了给别人留下深刻印象而冒险？当然，我们大多数会采取社会赞许的方式。我们换新工作，30岁时重返校园，稍稍飙车，投资股票等。也许我们会穿着古怪，或者剃个光头。总之，我们会做一些突出自己，使自己变得独特且更重要的事情。

我们的孩子也一样，但必须得承认，他们更少有机会去经历危险或感觉自己像个成年人。如果米奇没有得到叔叔仓库的工作机会，他就没有机会证明自己是个可以承担责任的成熟的年轻人。根据我的经验，当没有社会许可，像米奇这样的青少年越是渴望体验主宰人生的冒险，就越可能陷入困境。

当然，我们孩子们的冒险行为不仅给他们带来后果，也给父母和社区带来后果。我们保证孩子安全的责任也意味着给他们提供成长的机会。如果我们能够给他们提供更好的合法的蕴涵风险和责任的成长路径，他们就越可能遵循我们的指引。当我们不引导孩子，任由他们轻易冒险，就是在允许他们伤害自己；当我们不能给他们提供一个关系的安全网，就是我们的疏忽。因为他们需要失败的时候，利用这个网重新建立生活。我们的工作是要帮助孩子们避免冒他们还没有准备好承受的风险。同时，帮助他们经历准备好的风险也是我们的工作。

我在自己的家庭生活和专业实践中都充分认识到这一点。我和12岁的儿子斯考特骑自行车环山，这一路线一直由当地的车行山路俱乐部来维护。在丛林深处，他们砍掉一些灌木丛，开辟出了一系列狭窄的羊肠小道。这条道路先让骑车者从6英尺的大悬崖上跳下来，落地时不能撞上碰巧长在路中间的树，然后骑过一层层的树枝，跨越悬桥才能到达小河的那一边。

我想，只有疯子才能设计出这种疯狂的路线。尽管我和儿子那天都没有尝试那条路线，有一些骑车人确实成功通过，我看儿子也渴望尝试这条道路。

对斯考特而言，现在最好不要尝试。我知道他最终会走上那条羊肠小道，但我钦佩他的判断力。我们在道路上前行，很快儿子骑车从三四英尺的悬崖上跳了下来，逐渐建立起他征服六英尺大悬崖的信心。我认为这是一个很好的妥协，尽管我承认，每次他落地的时候，我都胆战心惊。

### 我们应鼓励冒险

根据我的经验，当给予恰当的鼓励和大量的支持，获得适度风险的孩子在生活中比那些被过于保护的同辈更有优势。

- 冒险者更可能相信自己的判断
- 冒险者学会欣赏别人和自己的才能
- 冒险者清楚自己的极限
- 冒险者明了他们行为的后果
- 冒险者（长大后）更愿意求助
- 冒险者自信且独立

那么，毫无疑问，冒险者既是我们社区的骄傲，也是巨大的挑战。我们可能曾经赞同萨德侯爵（De. Sade）所述，"如果孩子们无可救药，那么就应该在他 12 岁前有尊严地、悄悄地斩首，这样他就不能结婚生子，祸害众生了。"这种说法是否过于偏激？菲尔德（W. C. Fields）说的话更好："我爱孩子，如果他们有教养的话。"

我认为，最好去理解冒险者的动机并帮助他们运用自己的方式去实现目标。这可能有趣，但是它确实能帮助我们创造与年轻人更加和谐的关系。

> 冒险并不代表学坏。冒险只是他们表达自己、表现自己的方式。

对于我在第一章提到的 4 岁的苔丝而言，当苔丝努力朝架子上爬的时候，做什么会有所不同呢？如果妈妈问她："你在那里觉得安全吗？"妈妈可以温柔地提醒并指导女儿，"小心你的手和脚"、"专心做你正在做的事情"，最重要的是，"如果需要，就大声喊我。"不论孩子们是 4 岁、14 岁还是 24 岁，年龄也许不同,但他们需要听到类似的信息。

苔丝可能只是想在架子上爬得更高一些。但在做决定的瞬间,她听到的是"别逞能"、"听别人的,他们知道更多"、"别太自以为是"。父母的害怕和自我怀疑都落在小女孩的肩膀上,难怪她很容易从冒险者变成了哭泣的、依赖的孩子。

冒险者请求我们让他们挑战自我,他们做各种各样的事情置自己于危险境地。不太有破坏力的孩子会坚持自己去商店,在没有父母监督的情况下支配零用钱——但在父母眼中,他们还太小不能自己过马路。后来,我们发现他们央求我们让他们参加舞会、摇滚音乐会、尝试攀岩、参加极限攀爬或者参加空军学员军训队。这就像他们想帮我们修车或者修建新楼梯;他们希望开始使用强大的工具并学习烧饭,他们希望有男朋友或女朋友;他们会有使用工具的欲望,而这些工具可能会使他们受伤;他们想开摩托车;他们想要自己去露营、不守宵禁、想要文身。

作为一名婚姻家庭治疗师和研究人员,我知道上述的每一个要求都会让父母有些担心。大多数父母最终会让步,让孩子们尝试这些新鲜事物,但很多父母担心孩子们在还没做好准备之前就提出各种要求。同样常见的是,孩子听了太多的"不,你不能"后,他们更渴望冒险,更容易实践那些有可能危害自身安全的行为。

这样的事情并不稀奇。

> 当孩子们被危险所吸引,他们从事能寻找到危险生活的方式。

很久之前,那个耳熟能详的小红帽的故事——她去探访住在森林里的外婆,这个故事常常被用来告诉孩子们现实世界中存在很多危险。在《格林童话》的版本中,小红帽最终被大灰狼吃了,因为这是真有可能发生的,尤其是当我们自己不太小心但又要为自己负责的时候。孩子们很爱这个故事,很可能因为这是他们观察世界的方式。他们渴望好的故事能够表述出他们的恐惧。

现在的孩子们大多不知道这个版本。维多利亚时代,人们首先开始审查这个故事,增添了一个伐木人,杀死了大灰狼,剖开了它的肚皮。小红帽和外婆从里面跳了出来,完好如初。现代,我们更是给这个故事穿了糖果外衣。在迪斯尼的版本里,大灰狼根本没有机会吞噬小红帽。

我不确信,我们的孩子是不是更安全,但这个故事一定是更加愚蠢,我们似乎模糊了重点。孩子们渴望听到冒险和他们自身的脆弱,即便只通过听一个故事,他们也想知道和感受恐惧的颤抖。在我们友好审查的世界里,危险都去了哪里?

我们真的确信我们需要这样一个安全的世界吗?心理学家凯伦·彼得曼(Karen Pittman)说,"没有问题就意味着我们没有完全准备好。"[14]对我而言,很多青少年在成长过程中去寻找"大灰狼",不管是哪种形式的"大灰狼"。19 岁的时候,我用自己的极限速度飙骑摩托车。现在的我想想就觉得后怕,觉得那时的我真愚蠢。我的大多数同辈,平衡不错、适应良好的中产阶级底层的孩子们,也这样做。我也不完全确信自己已经从冒险行为中健康成长。只是现在,在要做一些相当危险的事情之前，例如在战争冲突期间访问以色列、巴基斯坦；在车灯坏的时候驾车行驶在巴基斯坦北部夜晚的山路；去洛基山滑雪；或者仅仅是生活在城市家庭生活的日常戏剧中，我都会确认我是否缴了保险。

### 具有抗逆力的冒险者

很多证据显示冒险可能是件好事。有越来越多的文献关于孩子们在逆境生活的抗逆力和正向发展的指标。抗逆力不仅仅是一种个人的心理特质，更能体现环境的特点。面对生活的挑战，我们要生存下来意味着与周边互动并获取所需要的力量。这不仅是击败变数，也是在改变变数。这是为什么生存最好的孩子们都有一定的韧性，[15]有能力去改变。他们也会讲述偶然发生的事件使得他们更好地成长。

很不幸，即便在相对稳定的社区中，孩子们还是会经历虐待、忽略、父母离异、心理疾病或父母成瘾的创伤。更不要说社区的重新安置，和生活中经常性的挑战：如学业失败、被欺凌和亲人去世。

能够成功渡过这些风险事件的孩子势必具有一些发展性资源，无论来自个人、家庭还是社区。美国的一个非盈利的研究机构列举了40项发展性资源，其中包括20项内在发展性资源和20项外在发展性资源。内在发展性资源包括热爱学习、按时上学、正向价值观（责任感和自我约束）、社会能力（帮助年轻人抵御外在压力的抗逆力技巧）、积极有意义的身份构建。外在发展性资源主要是指来自家庭和社区的支持，来自服务他人的赋权，来自成年人角色示范的清晰的界限和期望、在家庭、社区生活中建设性运用时间。[16]在两百万名青少年做过问卷调查后，彼得·本森（Peter Benson）、理查德·勒那（Richard Lerner）及其同事们令人信服地告诉我们，孩子们拥有的发展性资源越多，战胜艰难生活的胜算就越大。

然而，我们需要扪心自问，什么是获得这些资源最好的方式？他们能够在成人"无微不至"的过度保护中获得这些资源吗？对我而言，答案肯定是不。

我主持的一个跨国研究试图理解不同文化和情境下青少年抗逆力。国际抗逆力项目已经识别了58项在不同的文化中共同的抗逆力指标，其中包括北美的土著、非裔美国人、生活在加拿大郊区的白人、莫斯科的孤儿、坦桑尼亚的少女妈妈、中国香港的高中生、在以色列和巴基斯坦战争中的青少年、面临黑帮火拼和军国主义威胁的哥伦比亚和印度青少年。让人惊异的是，研究发现了所有青少年，不论男孩或者女孩，生活中的共同特质帮助他们生存和发展。他们说自己需要的是：

- 觉得他们是本土文化的一部分。
- 觉得他们可以决定自己的生活。
- 觉得他们可以依靠他人同时也有自己的独立性且可以做出自己的选择。
- 觉得自己是社区的一分子。
- 觉得他们可以通过志愿服务、有偿工作和宗教活动对社区有所贡献。
- 觉得他们和他人一起承担责任。
- 觉得他们和他人相处融洽，但在家庭和同伴中他们又很独特。

- 觉得他们有办法使得自己的情感和实际需要得到满足。

这些都是强有力的需要，满足它们意味着冒险。实际上，对青少年的研究指出，那些比较被动、不与权威角色争辩、没有建立自己的独特自我的青少年们有较高的抑郁，甚至自杀的风险。

> 现今的青少年和我们有经验的一代一样有能力。然而我们没有给予机会让他们为自己感到自豪。

然而，冒险者具有优势。他们通过突破局限，有目的、有计划和有热情地去尝试危险事物来发现自身的抗逆力。令人毫不意外的是，在战争年代，很多年轻人理想化地参加战斗。我岳父是个仁慈友善的人，一名大学教授，他一直为"二战"的历史而痴迷。他那时因年龄很小不能参战，但他看到那一代的男人有着热切却没有实现的欲望去参与到看起来那么有意义的一件事中去。

现在不同了。尽管不幸的是，没有什么机会让人觉得自己参与了很高贵的事情。很少有人有联合国维和部队达莱尔中将（Roméo Dallaire）那样的机会，他率领联合国维和部队去干预卢旺达1994年针对80万平民的惨绝人寰的屠杀。听达莱尔中将的演讲，你就会觉得作为维和者的挫折和启示，理解我们今天和60年前的那一代相比只有很少的"迷人诱惑"。达莱尔中将启发我们应"策略性聚焦更高层次的人性"，警告我们"不应放弃责任"。这些都是让青少年沉醉的说法。

在美国和加拿大，我们给予孩子郊区的住宅、安全的小镇，他们的生活没有这样宏伟的计划。我们告诉他们，让别人满足他们的需求，他们应该与其他人一样，遵守校规，按时上学。我们没有给他们重要的责任感，没邀请他们尝试风险，不鼓励他们做兼职，给予他们很少能与保卫祖国相提并论的成长仪式。

我们究竟在想什么？

我不希望看到年轻男女奔赴战场。但是，我深深被动员青年人参与的那种精神所感动。我们永远不能忘记这种精神。冒险者提醒我们，他需要的是像祖父那样在战争中的残酷经历。我们的任务是照顾者，父母要帮助孩子们寻找没有那么致命，但同样振奋人心的替代行为。

### 尝试不同的做法

你是否旅游并居住在别的社区，无论是国内还是国外，那里的社区有着不同的育儿理念？如果你生活在城市，或许你可以安排在农村小住，在那里孩子们可以冒更多的风险，承担更多的责任。

不管另一个社区在哪里，假设你的孩子居住在那里。他会比在现在居住的地方做得更好吗？我觉得，生活在城市郊区中的孩子，生活枯燥渴望冒险，会喜欢农场的生活或偏远地区的生活。在那里，他们发现表达自己更容易被社会接受。越野车、摩托车、拖拉机、大谷仓、动物和开放的空间都能提供与城市街道不一样的风险。

如果你想象孩子在不同社区会享受生活，你就离孩子的内心世界更近一步。帮一个外向的孩子寻找足够的冒险和承担责任的机会对即使最有创意的家长也是一个资源的挑战。尝试换位思考,跳脱原有的框框,才能为追求冒险的孩子们寻找到更多的可能性。

下一次与孩子一起出游,即便只是周末自驾游,思考你会去哪,能为孩子们做点什么不一样的。抛弃汽车和现代化的便捷,去穷乡僻壤的地方露营。挥霍一下午的时间在湍急的河水中划皮划艇。即使孩子们在路上表现出不屑,生长在郊区的孩子很少能够抵御农场生活带来的乐趣。骑马、驾驶沙滩车、山地越野车都给孩子们提供了平常没有的挑战。

这样的活动给孩子们带来了自我的全新体验,并且提供了合法的方式去经历风险或责任感。如果你还有时间,计划旅行,可以参考如下建议:

别去迪斯尼乐园!那里没有冒险,尽管广告如此宣称。我不是抵制主题公园,但寻求冒险和责任的孩子们能在科罗拉多或阿尔伯达的草原找到更大的满足,主题公园只有令人头晕的云霄飞车,冒险只是一场幻境。

出国旅行。孩子们有自己的护照并一起出国。这绝对是个有力量的做法,孩子可以谈论这个经验,冒险者的身份对谁都没有威胁。

带孩子住在其他地方的家庭,让孩子们最直接地体会不同的生活方式。孩子们被要求去适应新的文化和行为方式,这都会带来一定的挑战。更重要的是,当他们回家的时候,就更容易有新鲜的视角去看待他们能做什么,他们究竟是谁。

### 责任感的寻求者

我们不仅为孩子们制造了一个过于安全甚至有害的社区，而且还剥夺了让他们作贡献的机会。十年前，以色列教育家拉夫·阿曼（Raphi Amram）在一次天才儿童和感统不协调儿童的教师会议上，出人意料地抢过话筒。他说不是我们能为他们做什么，而是他们能为我们做什么。"我从没听过关于天才儿童应该如何贡献社会，他们应如何运用他们的天赋去贡献社会。我说这些不是因为我们的社会需要这些天才，而是这些天才孩子，和所有的孩子一样，需要听到对于他们自身个性成长的期待。"

或许我们让孩子们生活变得太容易，避免承担对自己和对他人的责任。如果将冒险及其后果从他们的生活中拿走，那还剩了什么？永远的童年？躺在我们的沙发上等着工作找上门？时代周刊介绍了一个新兴词汇"啃老"（Twixters），[18]指那些十七八或二十出头的青年人整天躲在家里，通过网络寻找职业、爱情和生活方式，似乎他们本身就生活在200个频道的宇宙中。他们靠着父母的收入生活，或者他们从事低薪的工作，只关心自己，终日玩乐，对自己的未来不负责任。

我们应该感到诧异吗？我们还能期望他们什么呢？这些孩子们是不是只是简单沉浸在我们叠加的不负责任的愉悦中，或者这里是否有更大的问题？时代周刊指出，将孩子们转变为成年人的文化机制失灵了。

这个现象在很多西方国家都可以看到。在加拿大，"啃老"一族又称"自食其果"（boomerang）的少年，他们通常回家寻求父母的帮助。在英格兰,"腌鱼"(Kippers)是对"啃老"一族的特殊称谓,意指那些年轻人将父母的退休金消耗殆尽。我们在法国、德国、意大利和日本也发现类似的名词。同样,我在巴基斯坦、坦桑尼亚、哥伦比亚和中国也找到了同义词。无论何地,当西方的生活方式侵袭了孩子们的生活,他们似乎就会决定不能放弃在父母家的生活。为什么要费力去开创自己的生活,坦白地说,住在父母的屋檐下一切都有。

这也许是为什么我们需要倾听梅尔·莱文(Mel Levine)[19]的建议,帮助孩子们尽早进入成年而不是更晚。莱文是一名儿科教授和北卡罗来纳大学学习和发展研究中心的主任,著有《无论你准备好没有,生活转瞬即至》(Ready or not, here life comes)。莱文指出,我们应该帮助孩子尽早建立工作的意义,视其为他们所创造的未来。她说,我们应该更小心,不要让童年变成在富裕和安全情况下的任意妄为,而不承担责任。最后,莱文鼓励家长帮助孩子们发展工作技能,接受工作,以便他们理解怎样去工作。

虽然这些听起来很有道理,但是并没有反映到我们对孩子们的要求中去,结果导致孩子们越来越依赖父母。我一直在说,孩子们需要冒险和责任感:我的最大支持者就是孩子们自己。很多人渴求责任感,那些渴求两者的孩子们是我最不担心的。最让我担心的是那些不愿意长大的彼得·潘们。他们能有和父母一样的成就吗?

"不!"

责任感寻求者和冒险者像是一对孪生兄弟,可以通过常规和非常规的两种方式实现。这两种途径都能满足他们对于挑战新鲜事物的需求。有些孩子寻求责任感的要求比较简单,如独立粉刷自己的房间,每周做一次晚餐,订购披萨,或照顾宠物。可他们常常得到的答复都是"不!"或者"等你长大了再说吧。"年龄大点的孩子则希望开车送弟弟去参加足球训练,自己在家过夜,使用工具,在商场打工,用自家的电脑开网店。他们想早晨自己起床去上学,自己去看医生,选择自己的教堂,有自己的零花钱。

然而,他们听到的还是"不!"

我们需要一些新的视角。我最近拜访了加拿大北部衣怒(Innu)族,这次拜访让我开始反思我们家的传统。游牧民族在1960年被强行定居在加拿大北部。他们的帐篷换成了木头小屋。衣怒族内部有个运动希望排除由于强制安居、居民学校和随后带来的疾病和虐待造成的文化屠杀的影响。文化复兴的最有效的方式就是重申他们作为游牧民族的传统,为青年人制造狩猎、骑马、住帐篷的机会。

这种生活方式带来许多的责任感。10 岁的孩子跟随父母出门狩猎杀生,孩子们必须学会如何使用刀和枪,驾驶雪橇以及在恶劣的北方环境中如何自我保护。

相反,我送给儿女的 10 周岁生日礼物都是 2 英寸刀锋的瑞士军刀。我知道很多父母可能认为 10 岁的孩子还太小,但我现在想到我的礼物的时候我会轻笑,我是多么低估孩子们的能力。孩子们比我们想象更早准备好要承担我还不愿意给予的责任。我只需要去看看我的北部邻居就能理解所有的孩子都是非常有能力的。

通常，当我们不能为孩子们提供体验成人生活的机会，孩子们就会自己去寻找。不是所有孩子采用的策略都像米奇一样极端。有时候他们的方法很幼稚，尽管也会带来不良后果并导致与父母之间的冲突。15岁的玛丽安通过抽烟的方式来证明她已经长大，可以自己做决定。正如玛丽安向我解释"我妈妈觉得我抽烟是个天大的事情。"她揉着黑眼圈，眼睛在黑色长长剪得非常整齐的刘海后面盯着我。因为不能在我的办公室抽烟，她不停啃手指、咬指甲。"这让我很烦，真的，只有她知道我可以做什么"，她说着叹口气，被我墙上挂的从坦桑尼亚带来的一幅马赛战士的画所吸引。和衣怒人一样，马赛人认为要给青少年带来适合他们年龄的成长意识。玛丽安可能真像住在另一个星球，她的成长经历是那么的不同。

"其实生活没什么大不了。"玛丽安坚持说，"我知道我妈肯定会说不，如果我吸毒，手里拿着啤酒在街头闲逛，我可能会出交通事故，这些我都能理解。但是吸烟并不会危及我的生命啊，至少短期内不会。"

玛丽安能够分辨恰当的行为和不恰当的行为。她理解有责任感的行为意味着什么，她很清楚不沾染毒品和酒。然而，对待吸烟这件事，玛丽安和妈妈对于什么是可以接受的行为的理解差别很大。似乎她已经决定吸烟是如何看待自己的一部分，虽然在其他事情上，她能够按照妈妈的价值观来生活。

"吸烟对你而言意味着什么？"我问道，试图给玛丽安一个空间，从她母亲的角度考虑整件事情，"你妈妈认为吸烟对你影响很大，关系到你是谁"。

"我认为我就是一样的人，不论吸烟与否。"玛丽安哼了一下鼻子，"我没想那么多，这不是一件多了不起的事儿。"玛丽安的妈妈曾经也吸烟，现在戒掉了。她认为，吸烟是女儿绝对不负责任的表现。妈妈的虚伪在玛丽安身上同样存在，她坚持说，"我可以随时戒呀。就像我妈一样。"

在与青少年工作的时候，我试图发现什么促使他们去做具有潜在危险的事情，例如抽烟。他们在寻找什么？为什么他们不能找到社会赞许的方式？其实我们成年人年少时经历过一模一样的事情。毕竟玛丽安的母亲，年轻的时候和女儿非常相似。如果要让玛丽安戒烟，我们就要让玛丽安的母亲回忆她的青少年生活，吸烟对那时的她意味着什么。毫不诧异的是，当母女俩开始讨论吸烟给青少年带来的好处时，慢慢地她们就能分享，对玛丽安母亲带来好处的替代选择可能也能给现在的玛丽安带来好处。

让我们面对这一事实，吸烟本身没什么意义。吸烟带来的身份和标志才使得这一行为更有意义。这是一个青少年向他人传递的一个信息："我已经可以自主控制我的身体"和"我能对自己的决定负责"。这才是吸烟真正的快感，健康风险根本不在考虑之列。

**习惯和随之而来的身份**

不幸的是，理解了孩子们从"问题"行为中得到的好处并不能说服她不再做自我破坏的习惯。对任何父母来说，与市场营销和上瘾症的合力相抗衡非常困难。市场营销很有技巧，他们早已经认识到孩子们追求力量的渴望。

继续拿烟草做例子，政府和烟草公司的策略就是在学校周围建立一个安全区：25岁以下青少年买烟必须要出示身份证，这成为烟草生产商能得到的最好的广告。不得不承认，我们应该表扬烟草公司为鼓励孩子有责任感的行为做的努力。

但我们忘记做的是从孩子的角度思考烟草使用的问题。通过使用特定的年龄来限制吸烟，就好像其他一些法律限制的行为一样（如驾车、投票和饮酒），这给我们的孩子传递的信息就是吸烟是成年人的行为。然而市场营销通过用孩子的视角看待世界理解了这个诡计。孩子们希望看起来独立，像成年人一样被尊重。如果我们能为孩子们提供另一同样强有力的方式去跨越青少年和成年人的"成熟代沟"成为有责任感的成年人，他们将有可能遵从我们的指引，熄灭手中的烟头。

> 接受孩子们的身份意味着尊重他们是谁。这些身份是以他们的方式去定义自己是有力量的、有责任感的年轻人。父母即便不能接受他们的表达方式，也需要认可孩子们寻求个人责任感的方式。

很多父母跟我说，孩子们总是索取他们还没准备好给予的责任感。他们需要记住，如果不给的话，孩子们就会自己想办法争取。责任感寻求者很少有机会挑战自身极限，他们只能把目光投向家庭之外去照顾他人的许可，并寻求长大成人的方式。孩子们的同伴群体提供很多的机会。他们可以协助其他孩子偷东西；他们能帮同学作弊；他们能成为帮派头目，即便这个帮派只是一群孩子放学后找个地方聚在一起抽烟；他们贩毒挣钱；他们变得性活跃以确认对自己身体的控制；他们甚至做一些古怪的事情，例如偷车只是为了接送朋友参加聚会，在孩子们看来，这意味着被选中的驾驶员是有责任的。责任感寻求者会做很多与冒险者相同的事情，但不是为了冒险。为了说服每一个人，他们竭力表现能够照顾好自己。

> 对于孩子来说，什么是风险，取决于他的世界观。

孩子们告诉我，这些问题行为常常是他们寻求机会锻炼责任感的方式，他们需要证明自己已经成大成人。1995 年，斯坦福大学的心理学家威廉·德蒙（William Damon）在《更大的期望》（Greater expectation）一书中也表达了同样的观点。德蒙提醒我们，个人责任感和高标准在孩子们的生活中确实有重要的位置。对孩子们有更高的期望是在帮助他们和我们自己。

### 风险与危险的区别

理解孩子的冒险和寻求责任感的行为的困难在于不同的人对风险和危险有不同的理解。每个文化似乎都很任意地划定了界限，对孩子而言，什么是或什么不是风险，以及什么被认为是危险。

风险不同于危险。风险是一种认知,即在寻求冒险或责任感的时候有些不好的事情会发生。这其中多少有猜测的成分,有时候以科学为依据,通常情况下是根据常识和父母传给我们的智慧来判断。

危险比风险更直接。人们可以很直观地判断危险。危险出现的时候,即便孩子也知道,很多孩子实际上故意寻找危险。

当孩子们和父母争论时,常常关于风险是否存在。这是一个认知层面的问题,不奇怪,青少年和成年人的看法常常不一致。即便两代人达成一致,他们下一个争论会聚焦在风险带来什么样特殊的危险。不可避免的,这变成了一个能力的问题,即青少年是否有能力去应对风险情境带来的危险?

> 我们有可能和孩子达成一致,什么是危险,什么不是,但我们常常对他们应对危险的能力有着不一致的看法。

试想下,你 14 岁的孩子想要去参加周六晚上的无人监管的派对。当然,有很多潜在的风险,年龄大的孩子可能带酒来,一些青少年可能进行性体验,房屋都有可能被破坏。冒险者坚持要参加,因为派对意味着刺激和危险。"你们从来就看不得我开心!"他可能咆哮、拒绝听话,并摔门而出。责任感寻求者要求参加这个派对以便证明她已经长大可以应对这些风险。在父母说"不!你不能去!"的时候,他们咆哮,"你难道不相信我?"砰一声关上卧室的门。

在两个案例中,青少年对于他们要寻找什么非常清晰。冒险者需要的是"好玩",责任寻求者需要的是"信任"。

当父母承诺既满足孩子需求,又要满足自己需要,他们会避免家庭矛盾和冲突。毕竟,14 岁有很多有趣的事情可以做。他们可以参加 8 年级的舞会,推迟晚上回家的时间;他们可以和三个朋友坐公车去逛商场,拜访搬到另一个城市的朋友;他们可以在有监护的情况下参加摇滚音乐会。

很多孩子寻求许可去做的事情都是他们认为有一定可控的风险的。大卫·瑞波克(David Ropeik)和乔治·格雷(George Gray)在合著的《风险:定义何为安全和何为危险的实用指南》(Risk:A practical guicle for deciding what's really safe and what's really danyerons in the world around you)[20]一书中告诉我们,风险一半是事实,一半是认知。对于我们或者孩子而言,喜好和直觉决定了我们如何感知风险,考量特定的风险是否可控。因为"不同的风险对不同的人意味着不同的事情"。

正如寻求冒险和责任也能够带给孩子们一种观念:他们正在面对风险,这个过程能够帮助他们感受成熟。这是一把双刃剑。回想一下,你什么时候开始独自一人在家?什么时候开始与异性有比较认真的亲密关系?你的第一份工作是什么?有什么其他课外活动?平衡好课业,去麦当劳打夜工和参加地区篮球队的时间安排之前,你是如何获得父母的同意?这些要求展现了孩子们心理、情感和学业上的需要:渴望长大成人。

> 孩子们试图说服我们:他们的世界没有我们想象的那么多风险,而他们的能力远远超出我们的想象。

## 四条强有力的信息

在成长过程中,很多人选择挑战自己。面对承担的风险,我们不仅要生存,更获得了成长。冒险和寻求责任感的行为之所以吸引孩子是因为两者都会给孩子们机会从成年人和同辈那里听到四条强有力的信息。这四条信息是:

• 归属感(you belong):孩子们需要知道他们的归属,周围的人们爱他们。

• 信任感(you are trustworthy):当知道"别人信任我"而且"我能信任自己"时,孩子们健康成长。

• 责任感(you are responsible):孩子们需要被看作成年人,或者至少被看成快要成年。他们希望对自己的生活负责任,也想为别人的生活分担责任。

• 效能感(you are capable):当知道自己有特别的才能并能为自己做出好的决定,孩子们成长得最好,这都是效能感的重要因素。

对孩子而言,他们作为冒险者还是作为责任感寻求者听到这四条信息并不重要。孩子们告诉我他们以倾听这些信息为目标,可能是做个好孩子,当失败的时候,做个坏孩子。至少,这是我们成年人如何看待他们的行为方式。好的行为是我们赞许的行为;坏的行为总是有点破坏性,破坏了我们的规则。

## 成长的机会?

孩子们比成年人更实用主义。为了生存和成长,他们按照自己的规则行事。如果轻率的自我危害行为比当个乖宝宝能够获得更多的注目,那么为什么不呢?如果她们需要怀孕来得到像成年人一样的对待,那也未尝不可。

当然,我希望孩子们能听到这四条强有力的信息,成人和同辈认可他们社会赞许的行为。孩子们又何尝不是这样想?他们也愿意通过实践可控的冒险行为来获得成人和同辈的关注,而不愿意采取自我危害和危害他人的方式。

有的时候,孩子们没有选择。孩子们寻求表达激情的机会常常依赖于父母、学校和社会给予他们的权限,依赖于父母的灵活性,环境中的机会,以及孩子们能否充分利用所拥有的资源。

毕竟,孩子们是永远的乐观主义者。就像百老汇音乐剧《雾都孤儿》(Les miserables)中那个小男孩唱的那样:"世界之大,但孩子们能改变世界。"我们的孩子从不放弃引起别人的关注。冒险行为和寻求更多的责任感只是他们的最佳策略,以便获得关注。这与我们成长的时代没什么两样。

实际上,我常常诧异于一对从战争国家移民来的父母的期望。这对父母费尽千辛万苦逃离塞尔维亚。他们知道什么是真正的冒险。在这个过程中,他们多次差点送命。奇怪的是,他们希望女儿完全没有冒险精神。女儿维奇竭尽所能地满足父母的期望。她待在家里,努力学习,练习钢琴。然而,她的生活很快崩溃。她得了厌食症,慢慢地饿自己。这是一个合理的出路。确实,她的身体才是生活中唯一能够做主的部分。不吃饭变成了一个简单的方式,让她去接触一些危险和责任。

随着体重的下降,维奇得到了关注,不仅因为瘦而得到关注。她的体重下降使得她被学校的心理辅导老师转介到饮食障碍诊所。在那里，在家庭咨询师的支持下，维奇从父母那里获得了一些让步。她可以不再弹钢琴，有几个朋友，做个好学生就行，不一定非要出类拔萃。对她父母而言，这是一个艰难的转变。父母还在担心他们费力取得的一切会被拿走，他们很难接受女儿没有恐惧的生活。维奇对他们的恐惧和失败一无所知。合群，做个普通的孩子就够了。这也是她的饮食障碍的出路。

**冒险者和责任感寻求者拥用强大的自我认同**

如果我们的孩子是幸运的，他们让周边的人确信他们是有归属感、信任感、责任感和效能感的孩子。他们听到了这四条信息，并实现了强大的自我认同。

然而注意，我要说的自我认同不是身体内部的引擎。我们的自我认同是在与别人的关系中建立起来的。在别人面前行事的时候，我们知道自己是谁，我们的行为得到别人的认可。

冒险者，无论是将自己置于危险，还是承担了过多的责任，都是一场精心的表演。他在邀请其他人看到他的特别之处，希望周边的成人和同伴注意到他。

在这场拉锯舞蹈中，孩子试图控制别人如何看待他。冒险，显而易见，是最直接的方式去影响别人如何看待我们。我遇到那些有强大自我认同的孩子，这一自我认同总是用或好或坏的原因而引人注目，他们知道如何能够通过冒险行为给别人留下深刻的印象。

> 我们在为别人表演的过程中建立了自我认同,说服别人我们是独一无二的。孩子们寻求控制他人如何看待自己,通常选择让别人认为他们是强大的且值得尊重的方式。

我们不能责备孩子们过分热忱。他们在被尊重的最外圈开始了赛跑,在哨子吹响的那一起步时刻就处于劣势。我们只是不愿意承认孩子们的能力远比我们想象的大。我们把他们看为未完成社会化的个体,似乎他们的个人成长映射了人类发展的过程:从猿到人;从原始人到更有文化更加敏感的人类。挪威儿童研究者杰斯·欧特普(Jens Qvortrup)警告我们,我们局限了自己的视野,将孩子视为"即将成人"(human becoming)而不是独立的个体(human being)。只有独立的个体才有能力、有个性、有责任感和被尊重。我们的孩子除了发疯、变坏、难过之外还有什么其他的选择?如果我们不放松,不给孩子更多的空间去经历他们渴望的冒险和责任感,他们可能就像不受控制的史前类猿人,将偏见迎面还击给我们。"就这样,"他们说,"面对现实吧!"

尽管孩子们潜力无穷,但我们没有做好准备给予他们更多的风险和责任。我们需要让他们练习处理危险并在他自己可控范围内负起责任。如果过度保护的父母否认了孩子成长的机会;过度疏忽的父母则是用忽视的方式对待孩子。经常,我们要么让孩子们承担太多的风险,给予其太多的责任,要么就什么也不给。我们必须在这两种极端情况之间找到使孩子觉得安全的平衡点。

被过度保护的孩子恳求我们给予他们一些友善的忽略，给他们一点空间去自己理解世界。他们需要一个机会变成自由发展的孩子，冒一些不可预知的风险，不穿校服，不受父母的控制。然而缺乏监管的孩子有不同的需求，他们渴望有人在乎自己。

为了这个缘故，我们最好开始倾听。

**成年仪式去哪了？**

在保护青少年的癫狂中，我们往往忘记了：孩子们不仅需要机会来挑战他们的限制，向我们学习如何处理他们面对的风险，他们也非常渴望成年仪式。他们需要那些使他们由孩童转变为成人的标志性经验。我们中多少人记得那个时刻呢？或许是父母第一次留我们独自在家中过夜；或许是他们让我们买属于自己的第一辆车；又或许这一转变是情境所致：如父母病了，或母亲又怀孕了，我们被套入厨师、洗碗、挣钱养家、修理工、司机和闺密等角色。在我的经验中，成年仪式给予孩子的信号是，"你非常有用，孩子！"

与其茫然无知，孩子们需要知道何时长大。最佳的成长仪式结合了冒险和责任承担。几个世纪之前，甚至现今世界的很多文化中，孩子们需要经历特定的成年仪式去证明自己。他们可能面临着大量的危险，于是他们可以认定自己，"我现在是个成人了。"在坦桑尼亚，我曾遇到一群13岁的男孩们，在贫瘠的塞伦盖蒂平原上靠自己生存，直至准备好重新加入他们的部落。在哥伦比亚，11岁的女孩就开始在街上兜售食物，她们很自豪可以为家庭收入作贡献。在我的家乡，邻居15岁的儿子每周末都去一个小伐木厂开电锯挣钱。同事15岁的女儿参加国际青少年交换生项目,在瑞典待了一年。

现在是时候重新考虑我们孩子能做什么了。我们需要告诉他们,我们多么信任他们,对他们的选择做出尊重。这样当我们给出合理的建议的时候,他们就能信任我们。

**尝试危险的本能?**

我女儿有个不受管束的朋友杰萍,她的父母急于告诉每个人,"她生出来就个性很强,从来没有变过。"这似乎很有道理。杰萍是一个闹腾的孩子,她总是从窗户掉下去,身体受伤,摔伤骨头。我很高兴女儿选她做朋友。

我们孩子们的冒险行为是天生的还是后天习得的?是创伤经验的恶果还是因为生育忽略儿童家庭的不幸?为什么有些孩子愿意寻求冒险任意而为,而另一些孩子则寻求挑战以承担成年人的责任?

对于这些问题,没有清晰的答案。这一抽象的思考也无助于我们理解为什么13岁的女孩和15岁的男孩被逮住躲在商场后面喝酒。这没有完美的出路,或什么魔幻基因治疗,将好的想法植入我们孩子的脑袋里。我们能够试着从他们的经历来思考孩子们的生活。我们可以问自己,13岁的孩子是否有其他同样刺激的方式来证明她已经长大,成熟了,要求被视为一个年轻女性。在我的经验中,大多数少女并不想让自己陷入危险。她们确实渴望认可,知道自己被关注被重视。对于此类行为确实也没有解决问题的固定模式。最好的策略是提供替代行为,为他们带来更多的关注和力量。根据我的理解,那些

"躲在商场喝酒"的孩子已经急于获得冒险和责任感，听不进去父母的劝告，让他们回家做个乖孩子。

相反，当承担了父母的权利和责任，我们需要利用手中的资源帮助锻造他们进入成年。很多父母帮孩子寻找有薪资的或志愿工作，赋予他们一些责任感，放松一些家庭规定以免孩子流落街头。我鼓励对于危及生命安全和危机道德的行为进行限制，但我也鼓励家庭要给予孩子机会去做好自己的事情，而不是仅仅听从父母。毕竟，孩子穿奇装异服，把自己的房间漆成黑色，选择自己的朋友，这都没有伤害任何人。这比其他的选择要好得多，例如过早性行为、饮食障碍、离家出走、逃学和自杀等。

当父母正视孩子们的冒险和承担责任的需求时，他们就更可能成功。维奇的行为可能让我们困扰，但她至少有力量去寻求她所需要的东西。冒险者更有可能听到那四条强大的信息，它们是健康个体的奠基石：归属感、信任感、责任感和效能感。

> 我们作为父母的角色不是去限制孩子们的机会，而是帮助孩子们在危险中成长，敢于冒险且确保不做自我伤害的行为。

# 第四章　过度保护还是缺少监管

　　上一章中的维奇要应对过度保护的父母，而在我生活的中产阶级社区中，很多孩子的生活却因没人监管而受害。正是这些孩子在没有获得所需要的支持的情况下被推入了社会。他们也许"足够有钱"驾驶最新型号的越野车。他们可能在自己卧室的电视上玩最新版本的互动电子游戏。他们的家也许很大，每个孩子都拥有自己的浴室。但他们缺少监管，没有成年人真正关注他们。毫不意外，当麻烦降临时，这些孩子的父母总是蒙在鼓里。当他们在监狱里或者戒毒中心里见对自己的孩子时，那份尴尬是难以想象的。即便孩子们不得不去参加夏令营但对他们来说也完全是惊喜。缺少监管的孩子和被过度保护的孩子一样，他们希望寻求冒险和责任感，这引发了他们还没做好准备应对的问题。

　　这些抚养的模式给孩子们带来严重的后果，从很小的时候就影响了他们。据我所知，正是这些早期经验戏剧性地影响了青少年的行为。

　　如果第一章提到的苔丝的妈妈是过度保护女儿，那个坐在我女儿秋千旁边戴眼镜的男孩看来是缺乏监管。他只有五岁，但已经没有成人来关心他的需求。我观察了几分钟，想要帮他推一下秋千。他却用小小的腿使劲蹬地，就像他看到的更大一点的孩子那样做，但却没有成功，似乎没有人注意。更让人惊讶的是，他从始至终都没有请他人推自己一把，他就自己不断尝试。

> 在这个被恐惧和羞耻控制的世界，我们认为每个人不是施暴者就是受害者，孩子们只是我们自己的责任。

站在那犹豫了一下，我转过身问他："你需要帮忙吗？"他点点头，我轻轻地推了他几下，同时巡视公园四周，想要寻找到小男孩的父亲或者母亲。远处，一个男人坐在那里看报纸、打手机。他身材偏胖、黑头发，身旁还有一杯冷饮。当第二次推男孩的时候，我看到男子抬头，透过他的报纸上沿瞟一眼，然后又继续埋头阅读。这个男人可能是他的爸爸。我决定向他挥挥手，但他的头一直埋在报纸里。这个不知名的小男孩礼貌也很安静地跟我说"谢谢"，非常高兴地继续用他小小的腿蹬来蹬去。

我得承认，像今天很多父母，如果在公众场合帮助别人的孩子，我有些焦虑。我总是很担心那些父母会怎么想。他们会怎么想一个陌生男人触摸他们的孩子，即使那是最无辜的方式？我听其他父母也在说，他们也很怕对那些社区中缺少监管的孩子负责任。我们都变得过分恐惧，恐惧我们的微小善举会被误解，或者被当作不赞成其他父母养育孩子的方式。

这是孩子们的损失。这个小男孩需要做什么才能引起成年人的关注？某一天为了让父母看到自己需要关爱，他会冒什么样的风险？看看他，沾满沙子的金色头发和深深的酒窝，他让我想起一个名叫达伦的男孩，他告诉我监狱里的青少年社工比父母更关心他的福祉。达伦告诉我，至少在监狱里，有人知道他还活着。他的父母提供他所需要的一切物质，但没有情感上的付出。当达伦第三次被抓到偷车上的收音机时，他甚至没有尝试要掩饰自己正在做的事情，他知道自己被人看着。他解释道，在监狱中更好，有个有力量的小偷身份远比做一个被忽略的、在学业和社交都很难取得成功的隐形小孩要好。这些青少年社工就像是彻底抛光的镜子。当看着他们的眼睛的时候，达伦很享受看到的东西：认可他不是坏孩子，而是一个缺少关注和爱的孩子。他们能够理解他的越轨行为，但却也只能为他克服家庭生活中的空虚感提供一段休整的时间。

那个秋千上的懂礼貌的小男孩也许会唤起其他人的关心和帮助，但这不能让他获得真正需要的成长。也许，仅仅是也许，他也许会选择大吵大闹、尖叫、恐吓别人，这样他的父亲才会不得不放下报纸。

> 当阻止孩子去冒险的时候，我们就在逼迫他们采取更危险的方式来表述独特的自我。

### 过度保护和无人监管：你是哪一种？

先天还是后天，过度保护还是无人监管？当一切看起来如此令人困惑的时候，我们如何帮助孩子？我想说的是看起来简单,但又不简单。这有很多不确定的方式,选定合适的教育方式让冒险的孩子变得安全不是一门完美的科学。我们可以做些事情帮助改善这一情况。

首先,让我们从作为父母的你开始。然后,我们要看孩子及其面对的风险,但还是要从我们开始,思考我们能接受孩子做些什么。

想想你作为父母(或者照顾者、监护人、教师、祖父母、类家庭组长、大姐姐),你在照顾孩子的时候是如何与他们互动的?当想到孩子需要身体和精神上的冒险行为时,我们会如何反应?

**身体冒险**

想想你是如何教孩子身体冒险的?孩子对自己的身体负责任?如果孩子很安静、不愿意冒险,你会为他提供类似攀岩、蹦极之类的冒险活动吗?或是掌握一项武术?如果青少年人已经很外向了,你会还为他找到身体持续挑战性的机会:例如运动队、骑行环山、激流泛舟、攀爬洛基山吗?

我的孩子特别爱在公园里爬平衡架,在门框上引体向上,所以我决定在门廊上建一个平衡架,用了一些废旧的汽车支架和在垃圾筒里发现回收再利用的管子。有意思的是,很多父母看到这个头顶的架子,诧异地问这真的是锻炼用的架子吗?我的孩子和他们的朋友太开心要炫耀一下,真的爬到平衡架上来展示他们可以做到。来我家的男孩和女孩们鲜有不尝试的,至少做个引体向上,或者用手交替前行,从这一头荡到另一头。

这个策略并不是完全没有意义的。在自己家里安装这个架子创造了一份危险和刺激。这有点像拥有自己的健身房。这也提升了孩子们在朋辈中的地位。我的孩子们没有最新的电玩软件，没有有线电视，家里的硬件设施远远落后于大部分青少年。但是他们的朋友还是愿意到我们家来，在天花板上荡秋千，或者在我们家后面的空地上玩猛马象夺旗游戏。我们将家里家外都尽可能地物尽其用。

**情感冒险**

如果我们不情愿让孩子身体冒险，那么我们就更不愿意让孩子情感受伤。当孩子们还小的时候，我们是否允许他们选择自己的朋友呢？即使他们拒绝冒险或者与恶霸为善？我们是否让他们承受粗鲁的行为带来的不良后果了呢（当伤及别人的情感的时候，我们让他们补救自己造成的伤害了吗）？我们让他们穿上错误的衣服、承受尴尬了吗？我们让他们体验把钱花在坚持要买但会很快就不喜欢的玩具上所带来的失望了吗（他们花的是自己的钱，从零花钱里省下来的，或者是祖父母给的钱）？我们坚持让他们时不时地在情感上做些什么，例如逼他们给祖父母打电话并谢谢他们买的生日礼物？

在青少年时代，他们将在与朋辈的关系中遇到类似的情感冒险。我们让他们体验初恋么？第一次被拒绝呢？我们会让他们再次选择朋友吗？当对我们粗鲁时，我们坚持让他们自己寻找补救的方法吗？我们鼓励他们做义工或者在社区中为他们相信的事情挺身而出，还是只鼓励他们为自己着想？

风险需要被管理，而不是被压制。

### 我们应如何处理孩子们的冒险行为？

挑战给予孩子们恰当的风险以便他们成长为有充分准备的成年人。在决定多大程度上监督孩子们时，我们有很多事情需要考虑：他们可以面对什么样的风险，他们准备承担什么样的责任。毫无疑问，很多父母很容易走极端，要不过度保护，要不就缺少关爱。也许找到一种教养方式比无论合适与否都坚持下去更容易，但是这对我们的孩子一点好处都没有。

育儿专家和教育学家芭芭拉·克罗索（Barbara Coloroso）阐述了一种在大部分情况下都合适的育儿方法。很多年来，她倡导关于"支柱家庭"在育儿方面的优势。克罗索的支柱家庭为孩子们提供灵活性的结构以便商讨他们成长的需要、做好准备，并为自己的决定负责。相反，"水母"型的父母让孩子听从他们的意见，在这一过程中孩子变成了失败者。"砖墙"家庭让孩子铭记每一条规则，不曾教会孩子独立思考。

然而，克罗索没有探讨的是，当我们养育孩子的环境发生了变化会带来什么样的改变。于是，我们需要更生态模型的教养方式，这一模式更能适应世界的变化。例如，生活在费城的高危社区环境中的非裔美国人中的单亲父母向研究者展现"砖墙"家庭培养了社区中最成功的孩子。这些母亲们告诉孩子们需要做什么，怎么做，因为这些孩子们上学来回所遇到的风险是超出他们保证自己的安全的能力。然而，在这些例子中，真实的危险确实存在。这些孩子知道如果他们希望继续学习，且拥有一个不暗淡的未来，他们就必须听父母的话。

居住在较为安全社区中的家庭面临的挑战是他们会误信媒

体的过分渲染，认为自己的社区极度危险。危险面前，并不是"人人平等"。事实上，风险暴露的研究证明，社区中只有极少数成员会经历大多数的危险。在普通小城市，这意味着，人们在日报上读到的暴力和偷窃行为只影响了少数人的生活。

而且，当我们的孩子试图通过冒险和责任感来证明自己更加成熟的时候，我们常常会采用"砖墙"教养方式来回应我们总是误读信号。我们的规则跟不上孩子们面对风险的认知。当孩子们对于我们识别媒体渲染和真正危险的能力失去信心的时候，他们不会听从我们的建议，更不会遵守我们的规则。

近些年来，我们好像习惯把孩子看作是"缺陷"儿童，作家伊芙琳·沃芙（Evelyn Waugh）曾经嘲讽过这个现象。我更欣赏神经病理学家布鲁斯·派瑞（Bruce Perry）的看法，有韧性的孩子在经历创伤之后发展出各种不同的应对方式。有些孩子打架，有些孩子挑起战斗。[21]派瑞对那些打架的孩子没有偏见，他认为，那些投降、放弃反抗、规规矩矩、一直听从父母的教诲、对伤害他们的人不反抗的孩子，更有可能在后来的生活中遇到问题。派瑞说："这些孩子的人生缺少了很重要的一环。"顺从的孩子丢失了发展性的力量。他们的大脑没有像那些更反抗的孩子的大脑一样成长。那些更外向的青少年在创伤后更有可能体验情感、行为和认知的全面发展。对派瑞而言，他们的行为可以帮助他们认识到自己的潜能，证据都在那里。让孩子们的生活过于安全对其没有好处，除了遵守我们的规则，他们什么都做不了。

> 孩子必须抵抗监护人过于保护的方式以便实现成长,超越了监护人影响的孩子可能在应对危机时展现出智慧。

### 错误的教养方式

下面是一张清单列出了过度保护和缺乏监管的父母如何对待他们爱冒险的孩子。

**过度保护孩子的父母**

- 他们说"不(no)"比他们说"是(yes)"多。
- 他们不愿意也不能指导孩子们经历风险行为,害怕孩子们受伤。
- 他们告诉孩子所有可能发生的坏的结果,但忽略孩子们所期望的好结果。
- 他们以自己过往的危险经历来观察这个世界。
- 他们将孩子的安全置于冒险与寻求责任的需要之上。
- 他们可能会根据新闻报道评估孩子的生存环境,视成长的环境为危险的地方。

**缺乏监管的父母**

- 他们说"我不关心"比说"不"要多。
- 他们没空指导孩子们经历风险行为,不关心或者太忙以至于不考虑不良后果。
- 他们从不警告孩子们可能发生的不良后果。
- 他们忽略了自己过往的风险经历,也不愿意和孩子们分享自己从中得到的教训。

- 他们将自己对清净、安排、金钱和冒险的需要放在孩子们需要之上。
- 他们可能会忽略社区中孩子存在的真正危险，盲目只关注什么对自己有好处。

坦白地讲，我们都会有时过度保护，有时疏于监管。当我们与孩子的冒险需求失去了联系和沟通，我们的教养方式就成为了问题。大部分父母都在这两个极端中间摇摆，对于孩子们的福祉有时迷惑或有时轻微焦虑。

**关心的父母**

不是说过度保护或者缺乏监管孩子的一举一动就是对或错。每个孩子的脾气秉性都不同，每个孩子对于听到那四条强有力信息的需求也取决于孩子的年龄和心境。这就是我们生活的世界。我们社区中的每个人都会告诉孩子或多或少的风险。养育爱冒险的孩子的最重要的事情是整合下述的内容：

- 孩子们说的和需要的。
- 父母如何看待孩子的需求。
- 孩子面对的现实风险。
- 父母需要多大程度的控制。
- 父母愿意提供多大程度的风险。

关心的父母的任务是帮助孩子经历一定程度的风险；关心的父母给孩子提供体验风险和责任的机会，并使其适应所在社区和文化；关心的父母帮助他们的孩子倾听四条信息；关心的父母指导孩子如何度过危险。

### 尝试不同的做法

照照镜子,真的照镜子!现在想象你的孩子都长大了。你希望他们重复你的生活吗?你希望孩子体验哪些生活经历?你希望孩子躲过哪些生活经历?

现在,把你自己想象成孩子的镜子。孩子通过观察你来找到他们是谁,就像作为父母的我们通过孩子们发现我们是谁一样。扪心自问,我是孩子的好榜样么?我有没有为孩子们提供适度风险和责任感,帮助他们的生活和我们一样甚至更好?

孩子们要不就是模仿他们的父母(比父母想象得更多),或者以父亲或者母亲憎恨的方式对待一切,用与家庭相反的生活方式生活。不管哪种方式,孩子都根据她在家里所学习到的来塑造她的生活。

看着镜子中的你,如果你一脸的恐惧与焦虑,孩子一定会仿效你。如果你看到一个关爱、有耐心、让别人做最好自己的人,那么你的孩子也会变成这样的人。对自己好一点,给自己放一天假,不再去担心。让你的孩子看到不一样的你。问问自己:"如果我今天不用焦虑孩子面临的风险,我会如何运用时间和精力?

就一天,做一些你想象中不再那么过分担心时会做的事情。出门(如果需要,你可以雇一个保姆,但是一定要出门!)找点乐子。把时间和精力花在你的伴侣的需要上。大笑,租一部你一直想要观看的电影,看的时候让孩子走开或者去读书。

对自己好一点。

记住,你的孩子正在观察。他们正在观察你如何爱自己和他人。他们通过观察你来理解什么是好的父母。他们通过观察你来了解如何冒险和承担责任，且不会危及任何他人。

### 试错

当然，教养方式意味着既要放手，也要常常握住我们孩子的手。通过试错，我们的孩子们能自己分辨危险与否。否则的话，他们有可能通过经历官司和法庭审判来认识到自己的错误。

做父母或许是最具挑战性的事情之一，但我们必须让孩子遭遇可以成功克服的、适度的风险。有一些风险比置他们于危险之中要好。问题少年和危险的成年人所提供的风险很可能远比孩子们首先从监护人那里寻求的风险更具有杀伤力。

### 冒险的乐趣

几十年来，压力应对的专家一直告诉我们关于风险行为的积极作用。冒险，至少适当的冒险，确实对我们有好处。在彼得·汉森（Peter G. Hanson）[22]的《压力的乐趣》一书的序言中，他的朋友艾德门·希拉里爵士（Sir Edmund Hillary），攀登珠穆朗玛峰的首支队伍的领队，写道他做的事情中总有一些危险的元素："如果没有它们，我怀疑我会不会去做这件事。危险总是激励人心，让一切努力变得值得。"[23]对孩子来说也是这样，不管我们多么努力要让他们循规蹈矩，他们都会想出一些强有力的、创造性、常常也是破坏性的方式去表达自己，更有朝气地生活。

> 当成年人使得孩子的世界拥有挑战和冒险，他们是最幸福的，最可能避免真正的危险行为，例如吸毒、早期性活跃、旷课、暴力、离家出走。

### 冒险是一场游戏

不幸的是，就算是来自稳定的家庭和安全的社区最幸运的孩子，常常让我们吃惊，选择暴力、逃学、吸毒和"我不在乎"的态度。冒险是一个大部分青少年热衷玩的游戏。辛西娅·乐福特（Cynthia Lightfoot）对中产阶级青少年冒险文化的深入研究向我们表明，很多青少年认为冒险只是一场游戏，一个吸引同辈和成年人眼球的游戏而已。事实上，乐福特告诉我们，当成功可能轻轻地和孩子们擦身而过的时候，孩子更愿意冒险。在那些情况下，成功更加甜蜜，更可能让他们引得关注，尤其是被旁观者和为孩子们的"问题"行为喝彩的人所注意。

另外，即便是幸运儿，对那些有兴趣、热情、天分和支持的孩子来说，传统的可接受的冒险行为的展示也许只能带来暂时的地位。很多这样的孩子所经历的成功是不确定的。"你表现得只是和上次一样好"的说法使他们很恐慌。我遇到的很多年轻的运动员告诉我他们对于仅仅运用自己的运动能力去唤起来自别人对他们归属感、信任感、责任感、效能感的认同感到焦虑。当然，他们的团队也许会认可他们，那些光荣时刻和归属感是他们有能力的强有力的说明。但仅有这些闪光的时刻也远不够。

那么怎么样才足够？常见的情况是，成功孩子的父母过分热情，非常自豪，对孩子的成功进行了大量的情感和经济投资，很难让他们退后，让孩子从一种活动中退出来尝试新的活动。

> 当经历了考验，挑战了极限，我们生存下来，有些特别的话要说。这一自我定义是强大有力的，能帮助我们面对下一个困难。

如果冒险行为真的是孩子们玩的游戏，那么我们最好提供被认可的、能够与流浪街头带来同样乐趣的风险。这些事情可以传统，可以疯狂。这不是任何个体的决定，而是需要孩子和家庭一起来决定什么是正确的。这么多年来，我成了滑板公园孩子们的热忱的粉丝，欣赏他们享受刺激的感觉。摇滚演唱会对青少年而言，是尝试独立和认同非主流文化的方式。摩托车和山地车也许很危险，但远比偷车和被警察追捕更安全。结交异性朋友，介绍给父母认识，并进行安全性行为好过瞒着父母偷偷恋爱并进行不安全的性行为。独自一人去异地旅行并在亲戚家小住好过在家中感觉不舒服后与无家可归的人一起在外面游荡。我宁愿去蹦极，也不愿意沾染毒品。利用周末时间当电脑修理工好过所有的课程都得优，当孩子需要的是经济独立，而不仅仅是获得大学的奖学金。

和父母小酌一杯有时也是成长的仪式，这样孩子不需要和朋友一起偷偷溜出去买酒。

　　某种程度上，我们的孩子必须经历风险。那些安于顺从和僵化执行命令的孩子们只会把自己带入中年危机之路。我想，孩子们在年幼的时候遭遇些小挫折总好过因为没有做好成年准备而遭遇更大的挫折。

# 第五章  冲动的孩子

有些父母对子女期望过高,有些家长则对子女没什么期望。前者总是告诉子女想什么、相信什么以及如何行事。被忽略的孩子没有大人监管,也没有人确保他们成功。这两种教养方式都不利于孩子的成长,他们的想法、身体和精神有趋向冲动的风险。对于深感担忧的父母而言还有第三条路。如果想帮助孩子应付生活中的挑战,我们需要在他们的生活中为自己寻找一个尊重和培育的位置。

**当孩子们被忽略**

见到罗拉·李,很容易明白为什么那些小时候见过她的人认为她聪明、能干,甚至成熟。她今年 15 岁,看上去依然显得比实际年龄大,这可能解释了她为什么有一个 18 岁的男朋友。现在,对罗拉·李,人们更可能表示担心,而非称赞她。

罗拉·李与弟弟、两个姐妹、父母罗杰和詹尼斯住在乡下小镇湖面上的小屋,虽然小,但是古雅、御寒。罗拉·李的父母是受过高等教育的艺术家,他们曾经有过潇洒的生活方式。面对楼价飞涨,父母只能搬离社区。罗拉·李认为父母和家庭令其尴尬。"为什么我的父母不能是正常人?"她到看护站后,在我们的一次会谈中提到。我的工作就是帮助她重返家庭。如果她这样做了,我们均不知道是否长期有效。

罗拉·李是一个特例。我见到她的两年前,她都是学校里的优秀学生。在她和妈妈经历了一场可怕的车祸后,詹尼斯无时无刻不自责,因为酒驾,险些令两人丧命。事故后,詹尼斯无法照看4个孩子,还要终日努力干活,丈夫罗杰不愿亦无法帮忙打理家务。詹尼斯离开了一段时间,决定戒酒,回归正常的生活。同时,做家务、照顾弟弟妹妹,甚至罗杰的重任就落在罗拉·李的肩上。

詹尼斯和罗杰都是在波士顿的郊区长大的,秉持中产阶级的价值理念。从某种程度上说,他们和孩子都知道,没有孩子时的二人世界的生活方式无法满足孩子们逐渐长大的需要。最终,社会服务不得不介入,在詹尼斯戒酒的时候尽可能为罗拉·李和罗杰提供帮助。对每个人而言,这几个月都是艰苦的。

就是和父亲待在一起的这段时间,罗拉·李的行为发生了改变。她开始和有越轨行为、翘课、违背宵禁令的孩子出去玩。警察不止一次来到罗拉·李的家,询问她在哪里,或将其带回家给予警告。此外,罗拉·李开始频繁性行为,有可能开始吸毒,人们已经发现,一个孩子处于即时的危险中,以后还面临更大问题的风险。

詹尼斯戒酒成功回家之后,她发现自己和丈夫再也管束不了罗拉了,当然,罗杰从来没有尝试过。在回来后的一年左右,詹尼斯终于爆发了。一天下午,她在家附近的小镇的主路上看见了罗拉·李,那是她本应在校上课的时间。当詹尼斯无法让罗拉听自己的话回家时,非常受挫。几个月的紧绷终于撑不住了。当着众人的面,詹尼斯打了罗拉,女儿带着淤青和流血的伤口跑掉了。路人报了警,詹尼斯被警察关了一晚,被判处缓刑,罗拉也被送去阿姨家寄养。

管束像罗拉这样的孩子是件非常棘手的事情。更棘手的是,像罗拉一样的女孩似乎有能力照顾自己,而她所做的每件事又使其看上去更陷入困境。在我最终见到罗拉的时候,她的父母已经被允许周末探视女儿了,他们之间的关系缓和了很多。实际上,罗拉和詹尼斯来咨询的目标大相径庭,但这种情况并不少见。

罗拉想要回家和兄弟姐妹生活在一起,但是詹尼斯对之前发生的不愉快的事情耿耿于怀,对她还是抱有怨恨。她曾对我说:"她太气人了,我不得不打她(她自己找打)。"

尽管有的人会觉得罗拉这样失控的孩子会危害社区,但鉴于她的经历,其实罗拉已经很努力地在照顾自己。小时候,罗拉是个被忽视的孩子,是父母无力好好照顾的受害者。她不得不显露自己,表现得和其他小孩一样,照顾自己。她的老师、咨询师和父母都能看到其与众不同。但随着年龄的增长,面临太多的问题,罗拉厌倦了扮演受忽视但做得很好的孩子。她厌倦了装门面的所有压力。她仅仅决定寻找一些更利于自己的事情,来摆脱一直以来人们对她的刻板印象——她有一个"酗酒"的母亲和一个"失业"的父亲。

当一些孩子留在学校,寻找摆脱命运的方法,罗拉只是厌倦了为了迎合其他人的期望所做的一切。罗拉不想当被人忽视的乖乖女,因为她认为这样的孩子长大后只是平凡地生活。进入青春期后,罗拉想要经历更多的乐趣,更多的风险。她同样想对别人负责,但不是在家做家务。她想要在精神上独立,运用所有她所学的快快长大,她的朋友能证明这是有帮助的。罗拉很善良,令人愉快,朋友们都欣赏她在她们中间扮演的角色。

罗拉·李说:"他们很信任我。他们知道可以告诉我任何事情,而我不会告诉任何人。"他们同样相信罗拉可以照看他们。她是指定的专职司机,确保最亲密的朋友不做出愚蠢的决定,甚至无照驾车送他们回家,车里还有他们从父母那里"借"来的未成年人。当她远离毒品的时候,她依然和吸毒的孩子走得很近,她知道别人因此认为她是瘾君子。经历车祸、母亲的当街殴打,这一切导致她选择完全不同的适合自己的生活方式。

的确,也许有的人会不以为然,认为"她在说谎"或者我被骗了,罗拉·李是一个失控的孩子,需要一些惩罚。或许是,或许不是。你看,对我而言,重要的是我们要明晰罗拉希望别人如何评价她。当我掌握了她的真实需要,那么就能更好地帮她找到更安全的方式,既拥有与她寻求的行为同样的冒险和责任,又不会使她陷入危险。

另外,为什么我不可以相信罗拉?如果你不相信她,你就不可能走进她的心里,了解她真实的想法。罗拉的父母从来没有感受过女儿内心的敏感,也从来没有让她解释过。罗拉知道自己的成绩已经有所下滑。她说:"我玩心太重。"然而,她正在做她必须做的以避开危险,远离毒品或过早怀孕。即使有别的想法,我也相信她现在做得很好。

自从我开始寻找这些抗逆力的故事时,我越来越频繁地看到像罗拉一样的孩子。他们经常不易被处于更多麻烦的父母所察觉,直到我们抽丝剥茧。这取决于父母要求孩子告诉我们他们的世界,而非假设所有事情如同看上去的那么危险。我们需要暂停,花时间理解我们的孩子如何维持控制自己的生活和别人贴的标签。我们要做的就是撕掉标签!

**困难是什么?**

对专家们、家长们来说,开始尊重、了解孩子们的成功故事,而不贴标签是一个很好的理念。我们总是给予孩子们例如冒险少年、钥匙儿童(即回家时空无一人的儿童)、被忽视少年和受虐少年等头衔。这些名字,可能是准确的,却带给孩子很多沉重的包袱。它们总是暗示这个孩子将失败。

庆幸的是,全球越来越多的学者开始关注那些虽在逆境生存,但茁壮生长的孩子们。这些孩子有不同的标签,代表着一种希望,被称作"抗逆力少年"。抗逆力研究领域先驱、心理学家安·马森(Ann Masten)和她的导师诺曼·甘美兹(Norman Garmezy)一样沉醉于研究这些孩子。马森认为,抗逆力不是超常的,而是真实发生在生活的"平凡的情境"[25]中,他们在压力下生活得很好。尽管处境艰难,成功孩子们遵循的途径是,认真面对每一个微小的决定、充满勇气的行为以及持续不懈为生存努力。

马森和其他像她一样的人发现:大量孩子们面临他们生活中的所有困难显示出令人惊讶的处理能力。抗逆力是10%还是60%,常常取决于抗逆力是如何定义及结果是如何测量。如果你的孩子像罗拉一样"处于危险",你可能会因知道她有好转的机会而感到安慰。事实上，正如泰瑞·莫丽特（Terri Moffitt）在新西兰进行了20年的跟踪研究发现，95%的不良青少年在18岁会停止他们的问题行为。[26]

问题是作为孩子的父母、照顾者、教育者、监管者，甚至当事情发展得十分糟糕，作为他们的狱卒，我们不能完全赞同孩子运用冒险的方式塑造他们的成长形象。如果仔细倾听，我们会惊奇地发现：他们认为我们所提供的应对风险的方式是无聊的、隔离的，除了被控制，什么也没有。顺从、平庸、批评，都不是他们所认同的优秀。

**教会孩子掌控自己的精神、身体和思想**

过去的100年中，心理学家坚信，襁褓中的婴儿之所以变成不受掌控的问题少年是因为在成长过程中的遭遇或者自身性格上的缺陷。我们责备家长、孩子、政府政策和同辈群体。蒙特利尔大学的理查德·特伦布莱（Richard Tremblay）及其同事的新研究[27]发现，儿童期是孩子们最暴力和最鲁莽的时期。孩子们并不是渐渐变坏，成长为孩子们提供了需要约束自己的攻击性倾向，转变为彬彬有礼的成年人的机会。想象如果你是位16岁的少年，但是却保持着两岁的心态。特伦布莱懊丧地比喻这个大婴儿只不过是一个怪物，当需求不被满足，他就准备摧毁他的父母，袭击、刺痛、撕破、弄坏在路上的任何东西。对我们而言，幸运的是，婴儿很难带来致命的破坏，因为我们能够控制、限制他们。

孩子们的鲁莽行为是相似的。放任、依恋的孩子认为自己是被抛弃的，可能将其推向"问题行为"。鲁莽的行为并不是后天养成的，而是天生的。特伦布莱提醒我们，我们的角色是照顾者，教导孩子以适当的方式获得自己想要的东西。襁褓中任性的婴儿之所以变成一个富有责任心、谨慎的少年是父母和照顾者教化的结果。

所有罗拉想要的就是对自己的精神、身体和思想有一些发言权。随着年龄的增大，这些简单的目标好像越来越难以实现。在寻求快乐、自由、控制自己身体的权利时，没有人能够帮助他们实现那些追求。罗拉不是变得鲁莽，而是一直开心地鲁莽。只是，有一次，她克制了自己鲁莽的行为，因为顺从、上进可以使自己获得别人的夸赞，从而说服自己是有责任感的、可信的、有能力的人。此外，她生活得很好，因为她设法使自己成为能干的、对社区有贡献的人。

只要罗拉合作、适应在问题家庭中做乖小孩，每个人就开心了。但当她开始说，"我想要为自己着想"，就变得一团糟了。不需要惊讶，一路上罗拉极少得到如何保持安全的教导。如果她暂时克制自己的鲁莽行为，那是因为她看到了好处。一旦这些好处消失，如此自我约束就没有意义了。

> 儿童期是孩子出生以来最鲁莽的时候。照顾者的责任就是为孩子们表达冲动提供恰当的、破坏性更少的方法。

### 父母需要引导子女

如果罗拉的故事告诉我们监管太少的危险，那么，我无法进一步证明,父母想要保护孩子安全的狂热如何使他们处于危险。超过我们可接纳的过度监管和过度保护都对孩子们有害。

我的朋友弗兰德(Fred)告诉我,他很惊讶他未成年的女儿的朋友根本没有自我保护的意识。"说真的,他们的父母都在想些什么?"一次,我们在酒吧喝酒等朋友的时候,他说,"看到他们在马路中间滑板,或者从停着的车中间穿梭令我抓狂。我说的不是小孩子。昨天,我差点撞到两个高中生,他们违章过马路。幸运的是,我开得比较慢。他们当中很少有任何过马路的意识。他们于人于己都是彻头彻尾的灾害。"他边说边使劲摆手,貌似用一种简单的手势摆脱这段不好的经历。

也许,我的这位朋友有些夸大其词,他的确有点,但他的观点是好的。他非常关注自己孩子的安全,小的时候,就教导他们需要了解城市道路。我也面临同样的挑战要教导我的孩子。如果他们想要在城市中成长,我也要像弗兰德一样帮助他们更好地了解如何在城市中生存。

### 关怀型父母如何提供帮助?

关怀型的父母努力保持平衡,给孩子提供适当的保护,以便孩子可以追求并通过自己的方式探索世界。关怀型的父母在协调适量的保护和给予孩子适量的风险方面是有效的。因为:

1. 倾听孩子们的需要,寻找适合他们的方法;
2. 承担身为父母应做的事情,做对孩子有利的事情;
3. 如果感知到的风险的确是风险,他们愿意真诚地询问自己;
4. 为了孩子们可以自己做决定,他们愿意放弃对孩子的一些控制；

5. 愿意提供尝试风险的机会，并帮助孩子克服风险。

### 尝试不同的做法

庆祝你的成功。每个父母都有很多理由为自己养育孩子的成绩而自豪。深夜陪伴、手拉手、拥抱、巧克力蛋糕的生日派对，你给予孩子们想要的。你是孩子们的"创可贴"，不论是实用的还是情感的。在危机和冲突的时候，我们能够忘记自己对孩子是多么重要。

既然他们是青少年，我们的工作还远远没有完成。问问自己，"我上次允许孩子冒险、承担一些责任是什么时候？"每个家庭有自己帮助孩子成长为有能力的成年人的方法。在我的咨询工作中，我总是发现，鼓励家庭做一些他们已经在做并有良好效果的事情，比完全引进新的行为更容易一些。如果你鼓励孩子勇敢，5岁让她去上学，尽管你们都会害怕，但她还是去了。同样的孩子长大后还会相信你，希望得到你的帮助，获得一份工作或离开施虐的男友。

一条简单的规则是：继续做已经做过且有效的行为，少做你不常做的。

当然，因此你知道在孩子小的时候，你所做的是正确的。然而，大多数父母发现把从课堂上学到的管理5岁小孩的方法很难适用于青少年。为了变得容易，我们可考虑以下做法：

- 倾听她的需要。13岁的孩子说，"我想要一个男朋友"或"你从来没有让我参加过任何派对"就是在告诉你，他想成为成年人，承担成年人的风险。如果你习惯用生日派对取悦你的孩子，你可以继续这个传统，允许她下一个派对邀请男生和女生。至少，你能提前和女儿讨论，在家中什么是可接受的，什么是不被接受的。找到适合你们两个人的协商方案。

在我认识的一个家庭里，女儿的第一个有男有女的派对是这样安排的，只要客厅的灯一直亮着，没有人进卧室或储物室，父母就一直待在厨房。妈妈负责做快餐，爸爸负责挂外套。女孩按自己想要的方式组织每件事。

- 根据孩子的个性，尝试创造其个性。如果他想成为说唱歌手，那么为什么不为他提供参加当地青年俱乐部举办的说唱课程、霹雳舞工作坊的机会？毕竟，回头想想，当孩子七岁时，想玩吉他，你是会给他买个吉他，还是说"不！"并强迫他学习国际象棋。孩子想尝试的任何活动，无论你多么不同意，通常有更易被人接受的表达方式。

- 让孩子以自己想要的方式装饰他的房间。当孩子还是学龄前儿童时，很多家长会和他们一起选图画，然后钉在布告板上。当孩子长成青少年，他们祈求用黑色漩涡龙的墙纸和画着浓浓睫毛膏的女巫布置所有墙面时，家人依然坚持整齐，红蓝相配。不仅仅是失望，这应该可以看出它是什么，是成功父母的标志，学龄前儿童如今准备承担更多责任，通过身边的事物表达自己。记住，你反正不要看那面墙，当青少年变成一个青年，他们就好像总是被两层底漆覆盖的一幅画。

### 在说之前问问自己

如果想影响孩子们冒险行为的选择,我们首先需要整理下如何与他们沟通。毕竟,坦白讲,当父母提供好的建议时,我们又有多少人真正听取了?但是,当孩子们步我们的后尘时,我们又很惊讶。

与处于困境的家庭会面,从亲子战壕中可以学到一些经验和教训。正如我看到处理冒险行为的孩子的家庭,我常常了解到,最具帮助的成年人会在匆忙告诉孩子们需要做什么之前问自己一些简单的问题。

当想到孩子们的冒险行为时,停下来问问你自己:

1. 孩子的行为是谁的问题?
2. 孩子挑战的风险合适么?
3. 谁注意过孩子的成功?

这三个问题有助于我们思考为什么孩子们总是不"听劝"。无论自己的行为是否被社会认可,孩子们都能在这些冒险行为中获得成长。

当然,当孩子轻率地扎入危险境地,父母很难努力平衡关注的方向。供孩子攀爬游戏的平衡架变成了市区酒吧。孩子 4 岁的时候会根据父母的意愿交朋友,但是 14 岁的孩子就会想要摆脱我们的控制。突然,我们不过是场外的教练。我们如何才能重返游戏中,控制游戏呢?

卡翠娜是我朋友的大女儿。当 17 岁的卡翠娜收拾行囊,用自己的积蓄,想要独立去欧洲旅行时,朋友和妻子非常担心。几年来,卡翠娜一直利用晚上和周末在咖啡店(Tim Hortons）打工，学习独立，为常客提供咖啡和他们喜欢的多纳圈。不用说，她的父母非常担心，担心她是否能在异国他乡独立生存。

但是卡翠娜很有勇气。她有自己的护照、钱、藐视任何人告诉她能做什么，不能做什么。这样无畏的孩子更可能告诉同伴，他们可以按照自己的规则行事。当面对一个像卡翠娜一样以成人的方式做决定的孩子时，我们应该好好依次思考下面三个问题：

**第一个问题**

"孩子的行为是谁的问题？"对于卡翠娜而言，这是没有问题的。她对未来的旅行充满信心，反而是父母总是杞人忧天。但是，父母真正害怕什么？

也许，独自旅行对于卡翠娜来说太小了，但这是她自我选择的成人礼。最终，卡翠娜的父母意识到了问题出在自己的身上，不是女儿的身上。他们的担心恶化并威胁了自己与女儿之间良好的关系。在卡翠娜看来，她已经做好步入社会的准备。她不是已经自己工作、存钱，比许多成年人更成熟吗？

父母常常将孩子的问题变成自己的问题。在一次圣诞聚会上，坐在我旁边的一个妇女痛心疾首地向我诉说："12岁的女儿每天都给我找很多事。她一天要换5次衣服！一天5套啊！后来，我实在受不了了，她才收敛了点，一天换两套衣服。我再也不用一天为她收拾5次衣服了。"

我听得张目结舌。我知道我不应该说任何话，但我的嘴有时会在大脑运转前就胡说。

"也许你可以教她自己洗衣服？那么，她会按照自己的喜欢，改变穿衣的次数。"我小心翼翼地建议道，但我肯定她从我的声音中听出了装模作样。无论如何，这都是枉然。

"没用，她不同意。她总是把衣服堆在那里，直到没有衣服可穿，我又能做什么呢？她会穿着脏衣服去上学，证明我的观点。"

我还是不能理解她的想法。但我肯定不会把孩子的问题变成我的问题。我能做的就是把解决问题的技能传授给孩子，然后鼓励他们自己动手解决问题。在这个过程中，我们和孩子分担责任。我理解自己的角色就是保证他们在 18 岁前做好成为成人的准备，包括选择自己穿什么并自己洗衣服。

**第二个问题**

回想卡翠娜，作为父母，我们需要问自己的第二个问题就是"孩子挑战的风险合适么"？

干预孩子的冒险行为讲究时间点。任何干预策略都应该符合孩子身心发展的规律。事实上，孩子大胆实践自己擅长做的事情是最值得期待的冒险行为。但是谁来确定冒险行为的标准？谁知道孩子何时做好准备？谁知道孩子的风险范围？

这些问题很难找到确切的答案。父母和孩子应该相互倾听，彼此理解。这比你想象的要容易。孩子们总是藏有很多不愿和父母分享的秘密。他们很高兴听到父母善意的提醒，尤其当那些父母想要坦白自己当年同样的冒险行为后来转化为问题的时候。

当卡翠娜的父母发现自己过分紧张的问题之后，他们愿意与卡翠娜制定最安全的旅行计划，但仍给予她一定的冒险。而卡翠娜注意到父母对她的不同看法，比从前更加开心、更加释怀，既使自己的旅途安全，又使家人放心。

作为独自旅行的交换条件，卡翠娜同意向父母住在伦敦的朋友和在德国工作的亲戚报到，并经常打电话报平安。

最终，卡翠娜的这次欧洲之旅有惊无险，比预定的日期提早回家。看起来，独自乘坐火车、天天吃法式面包和芝士并没有想象的那么吸引人。

**第三个问题**

最后，我们需要问"谁注意过孩子的成功？"很多人会注意到，卡翠娜在咖啡店打工是多么负责。但对于卡翠娜来说，承认很早以前就生活窘迫了。她希望父母、朋友见证自己的能力，承认她不仅仅长大了，而且敢于冒险。

事实上，父母注意到了这一点。回到家，卡翠娜讲了很多欧洲的见闻：火车上的浪漫邂逅，巴黎蒙马特区的小旅馆，在意大利遇到小偷差点丢了所有钱和证件，与来自澳洲和日本的朋友结伴同游。最好的是她讲述了自己如何独自生存的故事。旅行使她积累了更多的经验，更为她日后迎接更大的挑战奠定了基础，尽管父母因此血压上升，有些生气同时更多的是担心。

我想对咨询中遇到的孩子们说，"帮助父母成长是一件十分困难的事"。

如果回想我们自己，或许可以帮助我轻松一点。我们如今对冒险行为的看法仅仅是一代代逐渐成长和发展起来的，不仅在我们国家，其他国家也是如此。对全世界很多家长而言，卡翠娜离家独自旅行的愿望并不奇怪。19世纪初，我妻子的祖母17岁嫁给了一个传教士，很快跟随丈夫去中国传教。我和妻子经常开玩笑说，如果祖母晚生100多年，也许她面临和卡翠娜一样的阻力。也许她永远不可能去外国成为传教士的夫人，或者更有可能，她要等年长一些。

但那时没有任何阻力。通向冒险的大门非常契合彼时彼地的祖母。这是要不开的道路。生活在不同社区、不同时代、不同文化环境中的人，持有不同的价值，拥有的探索的机遇大为不同。

当我们成为父母时，我们为何如此容易忘记我们年少时的想法？好像我们集体失忆了。我们不能，可能也不愿意，记住我们小时候能做的事情。

**当孩子们的问题变成我们的问题**

有时候，不幸的是，孩子们的问题变成了父母的问题。如果卡翠娜在欧洲遇到了危险，那么父母可能会飞去营救。这就是为什么问问自己孩子面临的危险是否可干预，这种干预是否符合时宜是很重要的。当然，作为孩子世界的局外人，我们从来就不能只问问题。我们需要向孩子请教。与我们的孩子一起讨论：他们能否对自己的选择负责？教育学先驱芭芭拉·柯卢梭（Barbara Coloroso）指出，父母应该鼓励孩子们用实际行动来说服我们，他们能够承担他们选择的挑战。孩子们有责任茁壮成长，而我们有责任引导他们、提供孩子们成长机会。

> 孩子们需要大声呼喊"这就是我"，而不是"这是我可以买的"。第一个说法赋予他们有能力和自信的技能；第二个说法只能他们最多和他们所购买的东西形象一样好。

## "富贵病"

低下层家庭最大的幸运是住在"高档"社区，有强大的社会支持网络。通常，在中产阶级社区，我们能发现年轻人黑暗而隐藏的现实，他们被忽视，特别渴望被关注。许多家庭的问题不是缺钱，但仅有物质并不能使孩子更加健康。事实上，讽刺的是，当父母无法讲明金钱的意义而只是提供大量的金钱，那么过多的财富会威胁到孩子的幸福。

约翰·格拉夫乔（John de Graaf）[28]将这种状况定义为"富贵病"，形容过多的财富反而给孩子们的成长带来更少的幸福。他们很少看到，其父母避免让他们经历的东西，恰恰起决定性作用。换言之，拥有太多物质享受的孩子们拒绝创造自我财富、冒险、为自己和他人负责带来的满足感。他们只有一种认知，即做一个享受炫耀性消费的人。他们穿梭在各种商品之间，是时尚的变色龙。这些孩子无法坚持己见。他们很难说"这就是我"，因为他们很少有机会摆脱强加的"时尚设计师"的生活方式。

结果就是一群不开心、无法得到满足的孩子做些不可理喻的事情以寻求风险和责任感。儿童心理学家苏妮娅·卢瑟（Suniya Luthar）说明了富贵病的代价，指出最富裕的孩子幸福感最低。[29]为何会变成这样呢？较少的家庭时间，与高成就的家长缺乏紧密联系是卢瑟对原因的最好猜测。但是，我认为她可能是高估了帕丽斯·希尔顿（Paris Hilton）生活方式带来的意义和目的的不足。

可能这就是为什么，作为一个群体，这些人比贩毒的穷孩子们更有可能吸毒。事实上，孩子吸毒的最好的预测因素是每周有 25 美元或更多的零花钱。当没有别的途径来证实自己的时候，毒品看上去就像一个很好的解决方式。大麻、吸入剂和镇定剂在富人中是常见的毒品，就相当于吸烟和喝酒。加上俱乐部药物摇头丸、氯胺酮、迷幻药，以及孩子卧室橱柜中治疗多动症的药物，我们可以发现最具特权的年轻人同样最有可能虐待自己的身体。卢瑟的研究还显示，富裕的孩子更容易焦虑和沮丧。使事情更糟的是，他们没有其他方式来大显身手。同伴，特别是富裕孩子的男性同伴，倾向于对过度饮酒和吸毒的孩子大加赞赏。

当然，来自富裕家庭的孩子可以选择使生活更有意义。他们可以充分利用各种机会成为有作为的人，而不仅仅追逐下一条时髦的低腰牛仔裤。但这并不容易。如果他们退出，他们需要承担成为社会弃儿的代价，陷入富裕郊区的"我就是我所买的东西"的文化的人想要付更少的代价。穿梭于商品之间的孩子们依然感觉空虚，尽管他们备受宠爱。他们需要父母提供更真实的东西。他们需要体验风险和责任感的机会。

解决方式不是没收一切，移走孩子卧室的电视，拒绝给他们买车，不让他们参加法国阿尔卑斯山脉的校园旅行。这些观点可能在关心孩子的富裕家长的脑中闪过。必须有替代品，但是，给予孩子选择权完全就是模仿消费主义的及时行乐。这是大多数富裕家长陷入僵局的地方。这使他们感到困惑，为什么孩子要冒险，经历和父辈一样多的事情，达到他们已经取得的成功。这些家长无法想象将孩子置于适量的危险中，因为这是他们如此努力工作力图消灭的。

听起来是不是有些讽刺？孩子密切需要家长给予他们自由——学习的机会，通过承担风险和责任感，如何成为有能力的、有爱心的、令人尊敬的、对社区做出贡献的人。

**没有耕耘，就没有长期的收获**

我们有多少父母曾建议孩子如何有效地花钱？我总是想，一个儿童对 50 美元管理不善，好于青少年时对 500 美元的管理不善，也好于 20 岁时对 5000 美元的管理不善。作为关怀型的父母，尽管我们提醒孩子，他们的选择可能不是最好的，但有时我们也需要允许他们犯错误，或者至少在我们看来是个错误。我们必须说，"去吧，你可以买。你可能会花光你的零用钱，但如果对你很重要的话，那就去买吧。"我可是因为自己的经历而知道这些话的。有一次，我 7 岁的女儿用 38 美元买了最新的哈利波特玩具，但不到 38 小时，玩具就被扔在角落，因为她已经玩腻了。这次失败的购物经历让女儿发现了商家的谎言。因为，玩具的实体远没有宣传画报上的形象好看。我希望随着她长大，这一课的教训不会丢失。毕竟，某天，那些同样的商家会向她兜售香烟和其他有害商品。

我同样希望将此看作使孩子免于未来承担信用卡债务的一课。如果她在 7 岁时没有花尽所有的积蓄，并为此感到后悔，那么这堂课就要等到 17 岁、27 岁，那时"学费"会更高。允许孩子做出奢侈的、糟糕的、带来很小的长期痛苦决定是关怀型父母的标志，他们理解自己的角色不仅是保护，而是帮助孩子学习生活。

通常，我们认为来自贫困地区的孩子最容易变成问题少年，其实不然。虽然经济困顿，但很多贫困的孩子来自更功能性的家庭。这并不意味着要掩盖贫困给孩子带来的困难、威胁和挑战。然而，假设贫困就意味着孩子的家庭无法很好地运转，那显而易见！来自上中产阶级的孩子也可能被忽略，他们的生活与成长于生于贫困的孩子一样无意义。

> 适量的风险带来适度的认知。父母需要帮助孩子保持探索和接纳之间的平衡。

### 孩子的真正需要

为了给孩子提供机会顺利成长，我们需要让他们体验适当可控的风险与责任。例如，为孩子参加法国阿尔卑斯山为残疾人服务的夏令营付费好过一个星期的出国旅行。坚持让孩子们卖披萨或报纸以支付自己的车的保险费是教授孩子对他们所拥有的东西付有责任。

对父母而言，如何明智地给孩子提供资源非常重要。下列建议来自与我一起工作的父母，他们教育子女，面对财富和特权，如何成为最好的自己。

1. 别买他们不需要的东西。给他们零用钱，让他们购买自己需要的东西。当孩子长大后，你可以帮他们找份工作。

2. 自信的孩子不会用商品来标榜自己时，不会买他们不需要的东西（例如名牌衣服、昂贵的运动器材或电子产品）。记住，当财产变成自我定义的依靠，我们很快发现自己忘记了我们真正是谁。

3. 为孩子们提供作贡献的机会。社区给想要为他人作贡献的青年提供了很多空间。

4. 提供机会让孩子见识不同类型的人群。记住，如果他们想要获得说服别人了解自己的技巧，他们需要练习交际和融入。

5. 多花时间少花钱。当爱供不应求时，孩子们总是更愿意选择家长的注意，而不是商店里卖的东西。

> 如果我们通过所拥有的商品来界定自我，随着新东西变旧，我们迅速需要新的东西。这一自我界定如电子产品或服装的更新换代一样转瞬即逝。

一切回归到寻找一些有力的东西标榜自己的问题。我们拥有的东西来来往往，但是满足感来自获得的持续的东西。获得某些东西意味着承担责任。但这仅仅通过体验风险和责任感，孩子们找到方法证明他们是有归属感、可靠的、被尊重的和有能力的。讽刺的是，我们需要在最富有特权的孩子的生活中制造风险，为他们提供通向成功的阶梯。

### 尝试不同的做法

回想一下你的童年。你是如何了解金钱的价值？你父母做了什么，帮助你理解预算和储蓄的必要性，或是努力工作的价值？我们中的一些人从来没有那些机会。但我们中的许多人有过这些机会。还记得12岁的那年夏天，我到父亲管理的工厂仓库帮忙盘点。我知道许多其他人和我有类似的经历。

我承认我不希望子女以这样的工作谋生，但我希望他们为自己的成长承担一些金钱上的责任，我也会帮助他们寻找为邻居和朋友打散工的机会。

考虑你的孩子。他们如何学习你的经历？你可以为他们提供怎样的体验，发展他们变得经济独立所需要的技能？

下面的建议来自我在咨询时认识的一些父母，他们曾帮助孩子避免做出鲁莽的经济决定：

- 给孩子的零用钱不是他们干家务活的薪水。教导孩子成为一个有能力的、是家庭的贡献者，这意味着她必须理解，家中没有人因为遛狗、清空洗碗机或卧室的吸尘器而获得报酬。无论父母还是孩子。零用钱是用于学习如何管理金钱，它不是工资。当孩子想要一条时髦的牛仔裤，或和朋友听音乐会，她会从如何管理金钱中获得经验。最重要的，她需要知道，当它花光了，就没有了！至少需要等到下周或下个月才能再得到零用钱。

- 如果孩子是青少年，让他们为别人工作，而不是为你。老年邻居需要清扫人行道的雪和落叶、需要油漆篱笆。他们甚至为视力衰退的人读书读报、遛狗、发传单。如果不能在社区内获得这些机会，那么他们可以为当地社团募资。这不是把钱放入孩子的口袋里，而是教导他们责任感，促使他们发展社会技能，为将来接触陌生人或推销自己时做好练习。这些好的丰富的个人阅历，也为以后求职打下了基础。

- 用孩子的名字开个个人账户。很多银行都专门开设了免费的青少年账户，这是帮助孩子理解利用银行意味着什么的好办法。有些家长坚持孩子必须将一定比例的零用钱和其他收入要么存起来，要么选择慈善机构捐赠。两种方法都是教导孩子合理理财的好策略。

### 缺乏常识的成人

在我工作的大学，有名女生因4次剽窃他人的作品被抓住。当这个年轻女孩将被开除，她的父亲，一位著名的律师为女儿辩护。利用了法律的细枝末节的一项条款，他驳斥了学校开除学生的权利。父亲再一次挽救了女儿。

但是将来这个孩子工作了，依然未能意识到其行为的后果时，她的父亲将会在哪？当她更严重地违反信托，会发生什么，可能危及顾客，可能滥用公款，可能迟到，或者谎报工作时间？当这个年轻女孩遇到不说谎就无法应对的挑战时，就会给自己和他人带来更大的问题。

什么迫使一个享有如此特权的年轻人做如此愚蠢的事情，冒着被学校开除的风险？很多青少年告诉我，在寻找有力的、明确的自我认同时，他们会采取轻率行为，不论这一行为是好是坏。这个女生很有可能一直按父亲期望的方式而活，而父亲从不允许自己失败，于是轻率地忽视校规看上去是最好的且唯一的解决方式，一种注定给她带来不幸结果的方式。法庭审理后，她回到学校，但教授们明显已经不相信她了。她最终毕业了，但没得到一封推荐信，她不可能如她所愿继续读研。

### 尝试不同的做法

如果你的孩子因剽窃被抓住，你会做什么？当然，很多人可能会为自己的孩子辩护，用尽一切办法来保护她。父母看到孩子失败固然心痛，如果我们问自己以下问题，就会更容易地知道，在这种环境中应怎么做：

- 我希望孩子成为什么样的人？
- 我希望他25岁时什么样子（而不是5岁或15岁）？
- 当下，孩子成长的首要需求是什么？
- 当孩子弥补过失时，我可以如何支持他们？
- 我要怎么做才能阻止孩子一错再错？

这些问题的答案可能是一种对孩子关怀的回应，允许他们承受其轻率行为带来的后果。因为他们年轻，可以弥补自己的过失。

显示你的关心，但这还不足够。除此之外，父母还要了解孩子轻率行事的原因。如果她只是想要在有限选择下寻找有力的自我表达，那么给她提供替代行为，确保她不会再犯同样的错误。下面我们以说谎的孩子为例：

- 为孩子提供不包含说谎和欺骗的替代行为。如果小镇的12岁孩子和朋友偷偷去一小时车程外的城市游玩，害得父母提心吊胆。或许是时候载他们去市中心待一个下午，给他20美元，让他和朋友们逛逛商店，约定在麦当劳吃饭。包含一定风险的合法冒险总是那些选择不当和冲动行为的孩子极度渴望的。

- 做诚实的示范。跟孩子说说你的轻率行为或犯规，例如超速、故意或无意地没有付账、伪造年龄和资历。如果有的话，解释一下这些行为的后果。即使没有带来什么后果，你依然可以谈谈你的悔恨，或者如果你被抓到，可能会发生什么。

记住，目标是教导你的孩子如何通过这些做法来反思行为，并非抑制所有风险行为。如果我们告诉孩子如何在危险处境中思考，那么，他们将表现得安全和负责任，不说谎，也不欺骗。

## 教导孩子们融入社会时发生了什么

很不幸，我们无法一直为孩子提供非常好的冒险行为的替代方式。玛丽·皮弗（Mary Pipher）在其畅销书《欧菲利亚的复活》（*Reviving ophelia*）中关注年轻女孩面对的危机，可以简单地命名为"欧菲利亚的否认"。否认冒险、否认性行为、否认坚持自己的权利、否认未来、否认自己希望成为有能力的年轻女孩。倾听孩子们讲述她们自己的生活，除了被告知什么不能做，她们什么都没有听到。女孩们告诉我们，她们极少得到别人的支持，因为她们的行为很有可能是非主流的、不被社会推崇的、不端庄的，甚至是危险的。

毫不奇怪，我们这一代，宣扬鼓吹抛弃传统角色，而不是融入。不幸的是，我们看似忘记把这样的价值观传递给我们的孩子，不论是男孩还是女孩。我们说，我们不想让孩子走老路，融入传统或者听从同伴，但是我们想要他们跟随我们，适应我们的期望并按我们说的去做。

在这一点而言，男孩并不比女孩更容易。给予他们的信息是不同的。皮弗试图了解女孩的心理意识，与此同时，威廉·

波拉克（William Pollack）在尝试理解男孩。后来，我们了解到，他们都受骗了。当青少年渴望拥有一些好的传统的冒险和自己做决定的权利所带来的自由的时候他们要设定自己的规则。

**信仰宗教的青少年亦很脆弱**

那些去教堂、犹太教会堂、清真寺、圣祠或寺庙的孩子，从来不挑战，或者从未允许去挑战牧师或长老的正统和权威，他们从来不会知道冒险者的优势。长远来看，问困难问题的孩子要比盲目追随者更加安全。对宗教制度的挑战也应该被包含在内。我不希望孩子毫无批判地追随某人的真理。我希望他们有激情地信仰自己崇尚的真理。

当父母带来那些拒绝和他们参加每周宗教服务的孩子时，或者拒绝相信父母所坚持的对自己身心发展是有必要时，我会先问家长，他们到底希望孩子做什么。他们究竟想要追随别人信仰的顺从的孩子，还是要对自己生活充满热情的孩子？后一种孩子愿意自己独立思考，一旦找到就坚持自己的信仰？如果他们选择后者，我希望他们做如下挑战：

1. 鼓励顺从的孩子尝试做一些不同的事情（包括参加与家庭不同的宗教组织）。
2. 鼓励孩子为自己和信仰承担更多的责任（他们能否辩护为什么他们信仰自己所相信的？）
3. 鼓励孩子质疑他们所遵守的价值观。
4. 教导孩子运用恰当的方式质疑长者，使得挑战不会变得无礼。

尝试这些事情的家庭更可能养育融入成人世界前经历更少焦急、感觉更舒服的孩子。在幸运的家庭中，那些孩子显示健康的反抗，他们的行为只不过是父母已经给予孩子批判性思考的技能的方式。

**尝试不同的做法**

问问自己，你如何找到自己的信仰？有人曾经迫使你相信你所相信的吗？如何为你的孩子开放发掘自我精神的空间？

我们为孩子所做的示范方式越恰当，使其经历智力和精神风险，感受不同信仰，他们越有可能跟随我们的引导，并尊重我们所珍视的价值。试试以下宽容的表达方式：

● 带孩子参加和平大游行和汇集不同价值观的人们的庆典。显示对他人的宽容是获得孩子尊重的最好方法。

● 如果可能，花些时间带孩子旅行，体会不同的文化。大部分情况下，在体验其他文明之后，孩子们会回归自己的宗教背景。

● 确保家门永远向孩子开放。将孩子逐出他所信仰的教会只会摧毁孩子想要和照顾者之间保持的特别关系。

通过对孩子的宽容，通过对自己信仰的忠诚，我们教导孩子宽容和忠诚。我们是他们的父母，也是最好的老师。

如果我们没有教导孩子独立思考，防止我们成人的恐惧成为他们的负担，那么他们成为青少年时，更难教导他们独立思考。小女孩苔丝一直被告知独立思考是错误的。当她青少年时听到别人，如年长的男生、歌星或学校里的其他女生，告诉她"像我们一样"还会奇怪吗？性？为什么不。毒品？当然。在父母的门外，苔丝从不缺少冒险的方式。悲哀的是，滑入问题行为的男孩和女孩告诉我，这些很多人羡慕的其他选择，即便很短暂，成为他们最初想要成为的孩子：勇敢的冒险者让父母大跌眼镜。

但是，为了让孩子远离对自己和他人有害的行为，我们需要提供一些同样可以给他们带来认可的替代选择。难怪我们很难找到可接受的替代方式。提出一个替代的方法，挑战孩子对危险行为的钟爱，是一项艰巨的任务。

尽管这不是不可能。

事实上，当我们理解孩子采取鲁莽行为试图寻找的东西，这就变得很容易。基于此，我们可以为其提供他们喜欢的、认可的、恰当的替代方式。

## 第六章 风险？什么样的风险？

随着时光流逝，孩子们长大成人，做了父母，会淡忘很多记忆。他们忘记为了拥抱责任感和冒险所带来的兴奋和欣喜。

记得某个新年夜午夜，我和朋友们聚在一起，问了大家一个问题：是不是现在的孩子们比我们小时候面对的危险更多？大家集体叹气，讲述了许多观点。很多人会讲关于我们过去通常会经历的风险，且不希望孩子们经历和我们一样的生活。我们早上被送出家门，并被告知午饭前不要回来。我们12岁就在无监管的情况下骑摩托车。事实上，没什么人记得父母有时间问我们"作业完成了吗"。

但在场的每个人都相信，今天孩子生活的世界比我们成长时有更多的风险，需要更多的保护。可能因为更多听到24小时新闻播报的混乱世界，我们认为孩子面对的风险更多，我们根据报道来塑造自己的生活空间。突然间，我们安静的社区成为潜在的危险地区。如一位母亲所说，"我们都担心疯子"，疯狂的杀害孩子的凶手似乎就潜伏在家门口。

这样说可能不受欢迎，但数据显示，如今在你社区的疯子已经比历史上任何时期都要少。如果认为孩子面临更多的危险，那么我们可能首先要问问自己，"如何知道的？"当我们年轻的时候，在世界上任何角落发生的针对孩子的暴力都能进入晚餐的谈话内容中吗？我不记得家里曾经如此。那时身边大多数成年人也不像如今这样担心孩子们独自行走。

在我们认真思考孩子们破坏性冒险行为的替代行为之前，我们需要再次看看我们的孩子处于的风险是否真的像我们相信的那么多。毕竟，如果你相信治疗比疾病还糟糕，那么寻找替代行为就没有意义。如果你是相信如今孩子面临的危险比自己儿时更多，那么本章会给你带来很多惊奇。

**寻找乐趣陷入危险**

凯文是和我住在一条街上的男孩，他在 12 岁生日时收到一把新的弓和三角形的箭。一个炎热夏天的下午，我好奇地从前阳台看到他的父亲训练他正确的使用方法。父亲用聚苯乙烯泡沫做了一个靶子，在底部画了一双牛的眼睛，并置于前院的树中。父亲严肃的表情告诉我，凯文被命令要明确牢记规定，否则就没收弓箭。

不难猜想，趁着父亲回屋的空隙，凯文抵制不住诱惑想要看看自己可以射多远。第一次射箭，他意识到弓弦拉开得越大，射程就越远。没多一会儿，凯文差点打破邻居家的车窗，父亲出来警告男孩，除非他坚持规则，并且在父亲设定的范围内射击，否则箭会被没收。

在前阳台，我又喝了一口苏打，等待着。

凯文从这次失败中找到了自己的方式，仿佛决定如果他想要看自己能射多远，无需射进邻居家的院子。他创造性地想出垂直射击。这样，他就不会破坏父亲的规则，不是吗？看到他瞄准天空，我放下饮品，还没来得及提出建议之前，凯文已将箭射入天空。箭消失在视野的时候,凯文的表情改变了。从他的表情可以看出,他已经意识到了问题,他不知道箭会落在哪里。

但之后我也好奇,为什么父亲不把男孩带到院子外,让他可以最远地射击?有没有更好的办法帮助男孩体验这件新"玩具"的风险?

当然,记住孩子们需要以辛苦的方式学习一些东西。另一方面,他们会自己意识到行为给自己和他人带来的后果。

> 让他们独立,孩子将用冒险来证明自己。给他们机会释放热情,孩子们可能听从我们的指导并安全地表达自己。

### 成长在不完美的世界

父母的挑战是如何在不危及生命和身体的前提下,为孩子成长创造生动的机会。我们作为父母面临的挑战与我们的父母是一样的。只是,好像年轻的时候,我们有更多的方式证明自己并处理随之带来的风险。我们走路去上学,意味着有更多的时间和朋友一起,有更多的机会学习过繁忙的马路。我们从事无人监管的体育运动,不是今天在指定体育场运动的孩子所体验的。我们更可能从事兼职工作。我们期待在家附近做更多的事情。我们甚至自己做万圣节服装和圣诞节礼物。我们的生活更多处于自己的控制之下,这远远比今天的孩子要多。

> 孩子们期盼家庭、社会给予自己更多的关注,而非将他们的生活过度简单化。

我并非怀念每件事都是完美的时候。恰恰相反,我怀念事情不那么完美的时候,那时候孩子依然有机会证明自己。如果今天的孩子更暴力,吸毒更多,性行为更早,那是因为我们比以前更担心他们。在安全的社区中,我们应该给予孩子们更多的机会去冒险。相反,我们限制他们的世界,让他们承担了家长的恐惧。

孩子们需要同我们儿时一样的挑战。他们同样需要家长的关怀和支持,帮助他们战胜苦难。孩子们渴望我们为他们提供机会证实自己。

### 尝试不同的做法

有多少成年人端着咖啡,哀叹"要是……"要是我们的父母用他们儿时的眼光更好地理解我们该多好。要是我们的父母提供危险、违法的、叛逆的、失范的行为的替代品该多好。我们当中谁没有从学校中学过呢?

现在,想象自己是父母。你的孩子会给你打多少分?上次她询问你事情,你直接拒绝她,没有提供另一种选择是什么时候?

下次,当孩子希望你提供冒险帮助(想和朋友去外地看音乐会)或者想要超过你认为她可承担的责任(老板希望我工作到凌晨2点),不要说"不"!相反,和孩子坐下来,一起头脑风暴,至少想出两种理由,可以说出"好的"且能确保她的安全。

- 想要参加城外的演唱会?那么让女儿和她的朋友待在路易斯姨妈家(或者其他的朋友家)如何?即使路易斯阿姨有点古怪、不负责任,你也知道她们是安全的。孩子既可以冒险,你也会获得一些平静。

- 她想要工作到凌晨2点。安排出租车接她或者自己亲自去接她,至少这次这样。两种安排都要付出代价,或是你的睡眠或是你的钱包。这两种解决方式使你的女儿更经济独立,并且理解工作的价值。在我看来,这是值得麻烦的。

### 我们的时代并不危险

有一些,你不可能在《今日美国》、《时代》上看到,或从《福布斯新闻》中听到。犯罪学家梅达－切斯尼利德(Meda Chesney-Lind)和乔安妮·贝尔纳普(Joanne Belknap)注意到总有一些过于担心的人只看到孩子们都是坏的、危险的、失控的。事实并非如此。如果你去三藩市,比较两个17岁的女孩,母亲出生于20世纪60年代至70年代的婴儿潮,女儿则出生在当代,我们会发现在女儿相比母亲生活的环境更加安全、有更好的、更负责的行为。数字证明如此。女孩死于谋杀的可能性少于50%,死于交通意外的可能性少于60%,早孕的可能性少于55%,自杀的可能性少于75%,涉嫌谋杀的可能性少于60%,因财产犯罪被捕的可能性少于40%。[30]尽管媒体大肆宣传如今女孩没有一点好。北美社区显示同样的结果。

试想一下，我们很难找到任何证明当今的孩子比上一代处于更多危险的证据。相反，我们所见的是被称作"犯罪率上升"，即孩子比以前更可能被控告，尝试成人犯罪，这些行为在 20 年前只被视为孩子的叛逆行为。在操场上欺负同学？父母可能这样说，但如今警察会介入。原因在于不可救药的年轻人已经变成违法的。这对旷课的孩子同样如此。我们现在认为，孩子是品行障碍，需要寻求心理病治疗。突然间，这些孩子或要受到惩罚，或变成心理困扰。

奇怪的，我这一代及我们之前的人们才是真正暴力的，对我们而言，生活有更多风险。在学校，我们没有同侪调解，解决人际冲突。我们不能随意获得避孕套以避免怀孕和疾病。我们没有为青少年设立的公共健康中心。我们没有为学习障碍的孩子提供可治疗的教育。我们当然也没有一系列预防性教育课程，警告孩子远离吸烟、毒品和非安全性行为。

**承认我们的成功**

那么，真实的情况是什么？

涉及孩子时，我们作为成年人，真正需要担心的是什么？今天的风险在哪里？

在某种程度上，现今的孩子们面临的风险同我们当年面对的风险大同小异，只是形式不同罢了。有些，像艾滋病是比我们经历过的更为致命。其他，如校园欺凌、偷窃可能被予以了更严厉的处罚，我们的转变赋予青少年更多的义务，我们也对他们的行为有更多的道德评判。但是别搞错。一代或两代人以前，我们就有性传染疾病。同时，校园欺凌也是普遍的，尽管警察不可能介入阻止这一行为的发生。

我们已经知道，数据表明，孩子们最大的风险不是来自街上，而是在家中，家是大量性和身体伤害发生的地方。在家外，我们已经成功地使社区的某些地方更加安全。住在中产阶级社区的人，有规划的郊区，巨大的房产税基和娱乐器械是真正幸运的。数不尽的社区精神是对孩子有利的：公共健康教育，安全学校课程，对教练、寄养家庭、受到家暴的妇女和儿童庇护所的犯罪记录审查，导师项目，治疗的工作坊，预防自杀。这已经悄悄地在社区医疗、公共健康、社区治安制度和全纳性教育中发挥了作用。我们不看任何赞美这些项目或戏剧地记录公共护士、社工或安全监察每天辛苦工作的电视节目。他们的工作很少像急诊室的医生那么刺激。但是，这并不意味着，他们没有获得在人类历史上前所未有的集体成功。

也许因为每件事都是如此美好，以致于我们很快就看到了存在的问题。谁的问题，是孩子们的风险？当我听到博学者编造谎话时，显然，孩子们面临的最大风险是我们拒绝承认事情正在变好。我依然疑惑，如果我们知道，我们所做已经发挥了良好的作用，那么为什么我们不能在已证实是好的策略上增加投入呢？相反，我们仿佛小心谨慎，继续投资旧的观念，如把孩子关起来，为少之又少的罪行惩罚小之又小的孩子，被有利可图的禁闭中心诱惑，这些试图说服我们需要更多监狱、更多新兵训练营地和更严厉的规则。从我们所从事的工作中汲取有价值的资源，并为那些的确需要我们的帮助的孩子提供帮助，因为他们的冒险行为危及自己与他人。

危言耸听的人在撒谎。我最近在《时代》杂志上看到一篇水牛城大学的研究结果，发现孩子初次饮酒的年龄越小，他们成人后酗酒的可能性越大。甚至，孩子每早一年初次饮酒，他们变成酒鬼的机会就以逐年 12% 的速度增高。这样的结果只能使我们害怕，除了变成禁酒主义者，没有什么其他事情可以做了。

但是等等。这篇文章不能告诉我们的是，那些晚餐时父母给一杯红酒的孩子，与那些父母从不让尝试喝酒也从不教理性饮酒的孩子，是否有着同样变成酗酒者的风险？我怀疑，酗酒、醉酒的孩子大多是那些被父母过度保护的孩子。只有通过这种极端的方式，他们才能感受到自己是生命的主人，这恰恰是他们的父母年轻时采取的方式。

这个研究，很典型，没有意义。它在家长中散布了恐惧，说服他们相信现实并不存在的问题。毕竟，没有证据表明，法国酗酒的比例更高，尽管他们比北美的孩子从更小的年龄开始饮酒。

### 过度保护令孩子变得脆弱

这一情形变得更荒谬，当我们用自己的愿望去确保孩子安全，他们反而事实上变得脆弱。就好像我们在孩子身上涂了大量的防晒霜，孩子患了佝偻病，这是一种缺乏维生素 D 的疾病，人可以通过日照轻易获得。

牛奶中也含有丰富的维生素 D，但是为了保持孩子的健康，成人拿走了牛奶。仿佛缺少一种好的常识，我们对一切可能的风险充满怀疑。

可能我们是时候需要放松一点。

一位父亲最近告诉我,"如果我的孩子发生了什么事情,就会是因为我没有把他看牢。"但如果他的孩子什么事都没发生会怎样呢?他们会不会没有积累好足够的生活经验以便自己独立应对呢?

> 如果我们相信所看到的每件事(并且这样做),我们会为孩子的幸福陷入持续惶恐。

发展心理学家认为,孩子必须在智力、社会、心理等多个层面感受外在世界,以获得第一手的体验和感受。我们需要提供日渐具有挑战性的经验。想想,当一个孩子在学业上不愿意冒险,不肯尝试读一本生涩的文学作品,羞于在同学面前讲话,不愿意尝试多种方法解决复杂的数学题,他会怎样呢?我们知道那些最规避风险的便是学业成绩最差的孩子。

但是学习爱冒险不会仅仅发生在教室这个真空无菌的环境中。冒险是一种性格类型,我们必须在家庭、社区和学校中形塑。

当然,创造性地解决数学问题的冒险与在操场上打雪仗的冒险行为不同,特别是当学校禁止的时候。但它们并非像我们想象那样没有关联。事实上,在我的诊所中,最健康的孩子来自于这样的家庭和学校,在那里,成年人关心孩子,了解他们的需求,为他们做好生活榜样:如何经营生活,面对起起伏伏,风险和愉悦,挑战与失败。

不论有利还是不利,我们需要让孩子们自己体验我们留给他们的挑战。当冒险变成上网、去迪士尼游玩、逛商场，那我们能给他们提供什么样的成年仪式？孩子们又如何向我们展示他们已经准备好进入成年？

**以此类推**

第二章提到的派崔克告诉我，未成年时，他偷车的时候很局促，觉得非常不安。他还说，当他像这样耍花招时，自己在小伙伴中很受尊重。派崔克说他曾经多么梦想成为一名赛车手，就像小时候父亲经常带自己去看周末赛车。派崔克谈到那些女孩认为自己"很酷"，因为他做的事情让成人很恼火。因为我倾听并表示我理解偷车行为对他的意义，在那一刻，他表示，自己在学校中、工作岗位上出人头地的机会非常少。他知道，自己的人生轨迹注定是一名体力劳动者，如果幸运，可能在叔叔的船上做个水手。

对派崔克而言，偷车和逃离警察追捕并不是冒险行为。完全是一种反抗每天学校生活结束时带给他的失败感。在他看来，他面临的更大风险是承认他的生活无处可去，并寻求老师的更多帮助。

14岁女孩罗宾的故事完全不同，她是被强行送进我的办公室。至少据她父母所言，"叛逆的"、"狂躁的"，罗宾有自己的故事要讲。不像派崔克，她从不害怕学业失败。她曾严格按照老师和家长期许的去做，直至青春期时，突然"按照要求去做"这个游戏不能给她带来满足。她的世界，曾经如此安全，开始变成充满警告标示的世界，当人们总是说"不要那样做"，她怒了。所以她做了任何敏感的青少年都会做的事情。她叛逆了，至少罗宾的父母是这样描述的。我发现，当给孩子贴上"叛逆"的标签时，我们是在用一种礼貌的方式责怪孩子，同样也要责怪那些使孩子的世界太受限而无法满足其发展需要的人们。父母的指令也许能满足罗宾作为一个小女孩的需要，但却不能满足她作为一个青少年的心理需要和成长需要，膨胀的性欲、自我怀疑、尝试变成成人的需求。

除了漠视家庭、宗教，检验她一直坚持的价值极限，罗宾还有什么选择？她的父母很痛苦，担心小女儿不知会发生什么，从未听过罗宾想要成为"一名成熟的女子"寻求的帮助。当罗宾说"我想要承担更多"，渴望有大量的机会显示自己更成熟，更多地掌控自己的人生，父母拿走了选择的权利，生怕她走错了路，误入歧途。

**现实检验**

不管这些证据，我承认，在我的家乡，不是所有的事情都很完美。在减少孩子面临的风险时，我们会在孩子身上附加很多我们年轻时不曾经历过的新的危险。

最值得注意的一点是我们缺乏社区集体意识。本章开篇，我举了父母在早晨让我出门，并告诉我"去玩吧"这个例子。他们确信在小小的郊区中下阶层街道上，有10个孩子被胡乱套上防雪装，放到外面玩。同时，我妈妈不仅从卧室窗户看着我，也看着邻居家的孩子。当其他孩子做错时，她会像告诉自己的孩子那样迅速说"停！"

现在，一些社区依然像看上去那样，但是更小的家庭，更多的父母需要工作，对孩子每件事的关注，意味着在外面没有同龄人陪自己的孩子玩。而且可能,没有父母会照看其他人的孩子。

这些变化无形中增加了孩子们的风险,肯定的是,是忽视的风险,而非攻击的风险。

讽刺的是,想要过度保护孩子们的家长经常变得如此沮丧,当孩子不再听他们的话时,他们对孩子的问题就撒手不管。好像这些孩子被他们渴望的东西驱逐:爱和依附。他们同样是最脆弱的,没有准备好面对风险和承担责任。一路上,没有人指导他们,让他们做好独立的准备。当事情无法控制的时候,这些孩子可能想起父母曾经说过,"好的,你想要自己承担责任,那么就承担吧",并把门砰地关上。

> 如果我们为孩子们提供了支持结构和尊重,这一结构能够平衡和评估他们面临风险和应对能力,而后,孩子们获得良好成长所需的每样事情——允许搞糟,在犯了错误之后可以平稳生活。

可悲的是,面对问题少年,很多父母都求助于大卫和菲利斯(David & Phyllis York)的畅销书《强硬的爱》(*Tough love*)中的方法。我有时觉得,他们好像只读了1982年最初版的前半部分。他们解释了强硬的含义,却没有弄清爱的定义。如果孩子们违反了宵禁令,父母就不允许孩子们进门。即使孩子苦苦哀求,这些父母也不为所动。这样是不是过于极端了?

但是，这些父母是失职的，除非他们为孩子的住宿做了安排。这就是强硬的爱中爱的体现。确保孩子面临的风险在可控范围内是我们做家长决定的。我听到过，孩子被锁在门外时，他们会打破窗户。如果孩子有个合理的安全的替代行为，就会了解到他们的行为是不被接受的，通常选择逃到他们被期望去的地方。他们甚至可能用虚张声势来遮掩，喊道"你没有赢！我很高兴没有睡在你非常讨厌的屋子。"根据我的经验，孩子们总是口是心非。当这些孩子知道自己是被关爱的，父母做出了如何对自己和他人负责的典范，孩子会了解到这些信息。

**从倾听到理解**

很容易看到，为什么我们不理解有些孩子行事会无意识地忽视自己和他人的原因。如果我们想要找到答案，就要学会倾听。意味着：

- 我们需要理解对于问题少年，家长和其他监护人不同于朋辈群体的重要性。
- 我们需要为孩子提供足够丰富的问题行为的替代行为，使他们摆脱"问题少年"的标签。
- 我们需要了解孩子们性格的不同侧面（以及支持他们的同伴），以更好地了解孩子想要成为谁，及其在家外冒险行为对他们的意义。

如果我们不把问题行为看作是青少年获得抗逆力的途径，成人就无法影响"问题少年"，并促使其改变。

# 第七章　说冒险者听得进去的话

很多年前，在青年夏令营工作的时候，我曾督导过一个名叫马克的19岁辅导员。我在那里做导师的时候，马克在一群青年男女中非常突出，因为他是一名小有成就的攀岩专家，他曾认为爬高楼的石头烟囱是件很好玩的事情，40英寸高且没有戴防护绳。我听着都颤抖，想想，如果他滑了一下，会发生什么？称他"冲动"、"疯狂"，都没有说到点子上。说他是有挑战自己极限的冲动更说明问题。说他愿意得到关注并想将自己和他人区别开来可能是更有洞见的方式，去欣赏这个鲁莽，但没有使他被开除的行为。

总有年轻人这样做，准备用他们的勇敢的愚蠢行为来吓唬我们。但是，我们能够给年轻人提供什么样的替代选择呢？

我岳父的兄弟总是爱把自己在乡村长大的经历挂在嘴边。他怎样在九岁的时候才有第一双鞋；他要走多远才能到学校；他又是多么的淘气。有一天，喝咖啡的时候，我告诉他派崔克的故事，那个偷了车又"意外"撞死三个孩子的父亲的青少年。他陷入沉思，低头看着自己的脚。他轻蔑地摇摇头，很多年长者在听年轻人讲故事，并试图改变他们看不到的观点时都是这个表现。然后他抬起眼睛，坚定地看着我的脸。"我想，如果那时候有汽车，我们可能也会跟派崔克做一样的事情。"

他很挑衅地说，"我们很可能变得和他一样坏。我像他这个年纪的时候，男孩子们会骑马到街上逛。我有一次甚至骑着一匹母马到校舍去，只是为了激怒老师。哦，我们很坏的，让我来告诉你。"

他们确实是这样。因为这个原因，我也如此。父母担心我们这一代人未成年饮酒，尽管他们似乎不担心我们酒后驾驶。我们喜爱功夫电影，躲在车库将两块黑色的销钉用铁链连接起来，称其为双节棍。在手工课上，我们制作的金属死亡五角星，边缘非常锋利，只要一抛就钉在墙上。我们那时确实有些危险，每个人都觉得要做些什么。父母默认，法律允许，学校只是开除那些恶作剧的始作俑者。很奇怪，为什么每一代人都认为，自己这一代人比下一代人做得要更好？这些短视的、自以为是的观点不能帮助我们理解和改变孩子们的冒险行为。

### 开放沟通

研究结果促使我们正视自己的教育方式，每个孩子需要不同大小的风险。这意味着，在面对不同孩子的时候，我们应掌握一定的灵活性。我们必须去了解孩子们生存的大环境及其面对的挑战。

奇怪的是，我发现，当倾听孩子们讲述为什么要冒险时，父母常常更沮丧。然而，当父母最脆弱的时候，孩子们却很宽容大度。当他们看到父母垂头丧气、眼泪汪汪、尴尬脸红、双手紧张焦虑的模样，他们也许感到不好意思，这时，孩子们往往愿意卸下伪装，分享自己真实的想法和感受。也许他们感觉到此时的父母更愿意倾听。

卡尔和他的养父母——安东尼和帕特就是这种情况。卡尔的养父安东尼是名警察,专业法律推进官员,推选的父母代表,而卡尔的公开破坏行为让他觉得很难堪。卡尔三岁的时候被安东尼和帕特收养,他们绝没有预料到儿子会变成这样。他们觉得自己做了一切正确的事情。他们给卡尔读睡前故事,带他去教堂,为了远离大城市的问题他们有目的性地搬到小城镇。安东尼比大多数父母更注重亲子时间,帕特也只做兼职工作。卡尔有两个弟弟妹妹,都是安东尼和帕特的亲生子。他们也都适应良好。

15岁时,卡尔出现了犯罪的萌芽,虽然还没到被拘留的程度,他创造了一个词"警察商店"(copshop),并用这个词来戏称拘留。但是,安东尼和帕特都知道这只是时间早晚的问题。虽然,我和这个家庭一起工作一年多,但大部分都在与安东尼夫妇见面。他们从不相信卡尔本质是个坏小孩,这使得我与他们的沟通对话容易很多。他们维系与卡尔的关系。他们给予卡尔相处的时间,当卡尔不愿意的时候,他们让卡尔选择和同伴一起活动,当然是安东尼夫妇认可的活动。安东尼当卡尔棒球队的教练。帕特周五晚上像出租车司机那样送卡尔和他的朋友们去看电影。

但卡尔的房间中隐蔽的地方还是出现软性毒品。卡尔常常在深夜接到电话,然后消失好几个小时。有一晚,安东尼的同事发现卡尔醉倒在公园并将他送回了家。这件事很快就不胫而走,很多人在背后议论纷纷。不久之后,小镇发生了一系列入室盗窃案件,卡尔的名字总被列为嫌疑对象。卡尔的几个朋友或被起诉或被关押,但不知何故,陷入牢狱的伙伴并没有提及卡尔的名字。

这不是因为安东尼试图去干预这个结果。这时我们知道卡尔并不像他看起来那么反叛，也没有真正触犯法律。安东尼和帕特更是下定了决心，卡尔必须去见心理咨询师，要不然，他们担心，下次犯错的时候，他真可能锒铛入狱。卡尔也明白了其中道理。他选择了我，而不是监狱。

实际的情况是，两个溺爱的父母虽然努力要帮忙，但一家人每周只有很少的时间沟通交流。

"我不明白，我们还能为你做些什么？"安东尼不断这样对卡尔说。

卡尔坐在那里，情绪不高，眼睛转来转去，翘着二郎腿，双手交叉相握。他耸耸肩。我不确信卡尔知道怎么回答这个问题，即便他想要回答。这个问题过于宽泛和模糊。在鼓励之下，安东尼再次尝试。

"我有点诧异，真的。你交往的大部分都是好孩子。但他们却陷入麻烦。实际上，说实话，我也不太理解为什么你至今没有惹上严重的麻烦。你们还不到 16 岁，你的一些朋友都进去过两三次了。"帕特插话道："我们不希望你坐牢，所以一直在帮你。"

安东尼看了看他的妻子，接着说，"这也是我不能理解的，你看起来没有像其他的孩子那样陷入麻烦。为什么呢？"

差异凸显出来了。安东尼的问题为卡尔打开了神奇之门。卡尔来了精神："我又不傻，你知道，我才不想坐牢呢。"他说得很坦白，我们有些吃惊。

虽然有点磕磕绊绊，但这是一个好的开始，我说，"卡尔，我认为这是你获得爸爸妈妈关注的方式，你并没有像他们预计的那样陷入更多的麻烦。"

我看到帕特想插话，但忍住了，很明智地选择给卡尔更多发言的空间。这也是我和安东尼夫妇事先约定好的，我们人数比卡尔多，要努力让卡尔有更多的发言机会。

"我不想坐牢。我只是学别人的样子做事，这没什么大不了的。"卡尔说。

"你忘了自己喝醉酒被父亲的朋友送回家的事情了？"帕特终于忍不住了。

> 当觉得自己不被倾听的时候，孩子们变得很抗拒。他们更愿意冒险而不要成为父母担心的替罪羊。

"他们可以不管我啊！他们可以直接把我送到警察局啊，就好像对别人那样。"卡尔说。

"我想你的父母很高兴你那晚安全到家。"我说，"我听到他们很担心你，卡尔，而不只是生气。这也是我们今天谈话的目的。希望大家冷静地谈谈。"我希望这番话可以让大家再次聚焦到主题。那样的交谈很容易恶化成相互指责。

安东尼说："不管怎么样，我们还是很欣慰你那天晚上被送回家。看看你行事的方式。但我现在想要谈论的是你是如何避免陷入其他朋友的麻烦。我很想知道更多。"

"啊，没什么大不了的，真的。我是警察的儿子。想想吧！"卡尔的语气充满讥讽的味道。"那天我喝多了是个错误。

但那只发生过一次，对吧？你们已经知道毒品的事情了。但是，我觉得那没什么大不了。我也不会去碰真正的毒品。如果车上的每个人都在喝酒，我都不会上他们的车。我又没疯，我可不想出车祸，暴死街头。我知道会发生什么。你们不是天天给我说这些事情么？"

安东尼的脸上浮出了一丝浅浅的笑容。卡尔也微微笑着。帕特看起来很困惑。

"听起来卡尔是留意了家里的叮嘱。"我说。帕特看看我，再看看卡尔，深深地叹了一口气。她对我的话半信半疑。

我决定给这个家庭一些独处的时间。于是我离开，把他们三个人留在办公室里。过了一会儿，我回来的时候发现他们聊得很开心，在谈论回家的路上去哪里吃饭。卡尔说，去哪里都行，只要不碰到他的朋友就好。我看到父母与孩子之间的"正常"沟通还是很开心。毕竟，我们都曾从十五岁走过。

只是因为孩子做很多看似冒险的行为并不意味着孩子一定会陷入麻烦。

### 互相尊重的交谈

卡尔和父母这样的交流能帮助卡尔向父母解释他的冒险行为，使得孩子看起来……几乎是有理由的。这样的交谈能帮助说服父母他们的孩子并不是他们想象的那样孤注一掷，而是在寻求证明自己的方式。这种危险行为只是孩子们用来证明自己身份的手段，他们追求成人的认可。他们热衷于危险与他们热切追求被认可为成人如出一辙。

安东尼成功使得卡尔开口说话，因为他看到儿子的特别之处："……你看来不像其他的孩子陷入更深的麻烦"是使谈话得以实现的第一步。通过话语，安东尼向儿子传达，他将其视为独立的个体，为自己的行为负责。如果我们想要理解孩子的冒险行为，这是一个不错的开始。

当我们开始认真倾听，我们能够看到卡尔做的一些事情使得他不同于他的同伴。所有的孩子，即便那些将自己置于危险境地的孩子，通常也会规定自己行为的底线。不论是监狱还是街头，我遇到的那些孩子们没有谁不谈论他们自己划定的界限：做什么和不做什么。

如果仔细研究卡尔和父母的交谈，我们发现促成成功的线索：

- 安东尼认为卡尔与同伴不一样。
- 帕特表现出了对儿子的关心，并希望维持亲密、保护性的关系。
- 虽然我是一名咨询师，但是我的角色更像是这个家庭的朋友或亲戚，为这个家庭成员间不设心防地沟通提供了条件。
- 安东尼和帕特认识到，不是卡尔的所有朋友都陷入麻烦。
- 卡尔有机会向父母倾诉自己和他们多么相像。
- 每个人的感受和烦恼都被倾听。
- 父母没有因自己的感觉不好而指责卡尔。
- 父母真诚希望帮助卡尔，在交谈中得到充分体现。

如果将青少年与同伴们区分开来，对他们是极有价值的一课，帮助他们将自己定义为独立个体。然而，如果将他置于防御性的位置，他会做的就是要争辩自己和朋友们如何相似，他就是要一错再错。

**替代行为作为干预**

在帮助困难的家庭时，我与卡尔及其家庭的对话非常普遍。我做很多能做的事情去促进父母对孩子有问题的决定给予宽容，特别当孩子说这能帮助他们迎接成长的挑战。我不是在鼓励危险行为，尽管我不得不承认，对于一些孩子来说，问题行为是他们表达自我、体验能力释放的唯一途径。

如果理解冒险如何成为解决生命中问题的有效办法，那么我们离提供与冒险行为相同的，能够赋予孩子们尊重、责任和效应的替代行为更近一步。如果冒险是孩子确认自己在社区中位置的方式，那么我们的替代选择也要给孩子们带来同样的效果。虽然我不愿意相信这一点，但是那么多年与孩子们的相处教会我：如果成年人逼迫他们按我们的意图行事，那他们的行为基本不会永远改变。孩子们只有看到了更改问题行为的好处，才会抛弃那些暴力、吸毒、逃学和离家出走等行为。因此，提供替代行为比单纯抵制孩子的问题行为更有效。

青少年也懂得趋利避害。如果我们想要彻底解决孩子们生活和学习中的问题行为，就要提供有力的、适当的冒险行为，为孩子们创造锻炼责任感的机会，用来替代孩子们非常规的破坏的力量。

> 父母必须要为孩子提供替代危险行为、越轨行为、反常行为和失范行为的其他选择,这些替代行为应该像问题行为一样具有满足孩子成长需要的功能。

### 界定问题的困难

法国的语言学家雅克·德里达(Jacques Derrida)[31]用一个有趣的方式来解释孩子们挑战我们观念的一个奇怪方式:那些看似危险的、越轨的、叛逆的和失范的行为不一定都是坏的。德里达认为,我们使用的语言和他们的语言完全不是一个体系。它们只是一些咕噜的声音。经历了常年的集体交谈之后,这些言语被赋予了意义。但在"命名这个行为"的游戏中,有权力的人决定什么意味着什么,把词语之间进行意义链接,例如"反叛的"(Rebellious)常常指的是"坏的行为"。

在这个将符号和经历对应的游戏中,青少年非常不占优势。他们谈论自己生活的方式很少被成年人重视。例如,反叛(Rebel)并不是个坏词,如果这个词与詹姆斯·迪恩(James Byron Dean)①的奥秘、金凯瑞(Jim Carrey)②的正直和麦当

---

① 作者注. 詹姆斯·迪恩(James Byron Dean),1931年2月8日-1955年9月30日,著名美国电影演员,他的主流形象较代表他所处年代青年的反叛和浪漫,这些被称为"垮掉的一代"的青少年,尝试以各种反社会行为来表达不满。

② 作者注. 金·凯瑞(Jim Carrey,1962年1月17日-),加拿大裔美籍演员。在好莱坞曾被誉为"好莱坞喜剧天王"称号。

娜（Madonna）①的狂野联系在一起。当我们告诉孩子"好好上学"或"听话"，我们的建议听起来并不是我们的意思。孩子们和成年人赋予"学校"和"听话"的意义不同。所以这就种下了问题并成为我们沟通失败的根源。

**孩子们听到了什么**

我们成人亲切地想接近孩子，邀请他们告诉我们他们的生活。这却常常遭到他们的抵制。很多父母告诉我，即便他们接近孩子，开诚布公地询问，非常愿意倾听，但就是觉得孩子将自己封闭起来。许多父母向我寻求建议，仿佛我有一根魔杖，能让孩子们说话。

如果有的话，该多好呢！

其实我一直以来用的是一些接触的简单技巧。下面有一些父母和其他照顾者说的话，但孩子们听到的可能是另一回事。一个与成年人有良好关系的孩子，一定是个宽容、体谅他人的人。

我们的话：
我想给你最好的，想让你开心。
孩子们的理解：
我希望你顺从，你最好效仿我的人生。我的人生就很开

---

① 作者注．麦当娜，这个流行的象征，时尚的符号，已经陪伴了全世界四分之一个世纪。与众不同的麦当娜，深深影响了流行音乐的发展，流行天后简直成了麦当娜的专有名词，也许有人说她不是最伟大的、不是最优秀的，但也不得不承认她是最红、最成功的歌手之一。

心。有什么问题？让我告诉你怎样按照我的办法来做。

**我们的话：**

我想给你想要的。只要你告诉我你需要什么。

**孩子们的理解：**

你需要我。你不能靠自己得到你想要的。你要依赖我。

**我们的话：**

我想更好地了解你的朋友。有时你可以带他们来玩。

**孩子们的理解：**

我想看看你和朋友们在外面都干什么。回家更多，我就能更有用，成为你生活的一部分，为你选择朋友提供建议。

**我们的话：**

学校很重要，上大学也很重要。你要更关注学习。你明白吗？

**孩子们的理解：**

你必须像我一样长大工作。你必须要接受高等教育，要不然就一事无成。

**我们的话：**

你的身体是你自己的身体。你需要尊重它，不能让别人告诉你要做让你觉得不舒服的事情。

**孩子们的理解：**

不要发生性行为，你还不能处理好亲密关系，你应该等待直到你是成人可以去表达性的时候。你的身体可能是你自己的，但我（家长）还会控制你该做些什么。

当然，成人的本意并不像孩子们听到的那样。"该死！"我们坚持，"我都是为了孩子好。如果我不这样说，那我还应该怎么说？"问题在于上述父母的话确实需要说。每句话都显示着爱、关心和真诚的愿望去引导孩子进入成年。当孩子确信父母的好意，每句话可能都会有帮助。然而，当亲子关系紧张的时候，就需要另外寻求表达自己的方式。

当认识到他们冒险的需要及从中获得的好处，我们与孩子的交流就容易得多。例如：

**我们的话：**

你开心我也特别开心。什么让你那么开心？你的生活让你开心吗？

**孩子的理解：**

表达自己很舒服。我想了解你的世界并知道怎么运作。我想避免价值评判。我真的不知道你的生活。我需要你告诉我你的生活是怎样的。

**我们的话：**

我知道你善于发现你需要什么。如果有什么你需要但你又找不到的，你可以告诉我，我能帮你得到。

**孩子的理解：**

如果你需要我，我会一直在你身边。告诉我，我能怎样帮助你。我知道你很能干能够自己做很多事情。

**父母的话：**

你的朋友都是谁？你怎么选择他们做朋友？你认为如果我遇到他们会喜欢他们吗？

**孩子的理解：**

我希望听你谈论你的朋友，尤其是了解为什么你喜欢他们。我愿意见他们，但你来决定这是不是一个好主意。

**我们的话：**

学业很重要。上大学也很重要。得到充分的教育在我的人生中很重要。关于上学、不上学或怎样让你的人生有所不同，你的想法是什么？

**孩子的理解：**

在长大过程中做的决定会对自己有长期的影响，就像教育对我的影响似的。我认为教育很重要，希望你也能受到很好的教育。我也希望理解你怎么看待教育对于你的意义。教育重要吗？会不会改变你的人生？

**父母的话：**

身体是自己的。它可能有很多不同的感受。你可以表达它们。与性相关的想法和感受没有问题。我希望你能够发现让你自己觉得舒服的表达方式。我也希望你知道，你可以和我讨论，如果关于你的身体，你有什么不舒服，或者其他人如何对待你。

**孩子的理解：**

性与身体都很自然，我知道你会表达。我希望你的感受和想法是个积极的经验，如果你在关系中遇到困难，我也可以帮助你。

## 新视角，新语言

我们在和孩子对话的时候，仅仅暗示已经不够了。每一种情形都渴望新的语言。这本书也为你提供看待孩子的新视角，就好像一本指南帮助孩子实现保持安全。有了这样的新视角，我相信，只要成年人用意很好，他们说的话对孩子就会有帮助。在上述的对话案例中，成年人需要做几件事情使得沟通变得简单：

- 不要警告，而是分享。父母不要告诉孩子做什么，但可以和他们分享自己的人生经历。
- "不知道"是最好的起点。父母带着真诚的兴趣询问孩子们的生活：他们的喜好与厌恶、感受和想法。
- 提供选择而不是建议。父母给孩子选择，但孩子如何成长取决于孩子自己。孩子不一定完全听从父母的建议，不要为了控制权而牺牲了双方的感情。
- 真心分享。父母带着真实的想法和感受，解释生命中发生了什么，带来什么样的后果。
- 支持他们，现在及永远。父母永远在那里，当孩子希望分享他们的故事的时候，但什么时候愿意分享取决于孩子。

**行动胜过言语**

告诉孩子"好的，我相信你。我相信你能把事情处理好"是一回事，但展现我们对他们应对能力的信心又是另一回事。我宁愿给孩子建立机会的桥梁，我建议父母们也这样做。基本原则一样，但每个家庭都需要信任自己，给予孩子一定的风险。

同事的14岁女儿拒绝周末和父母一起探访祖母，这其中的风险不好判定。他和妻子认识到，他们可以将女儿独自留在家里,但对这个安排并不十分舒服。他们也不愿意强迫女儿去看望古怪的老太太。最后,他们决定让女儿说服他们她将如何自己独自过夜。这个决定带来两个风险:第一是其他孩子们会利用她独自在家的机会来开派对;第二是女儿晚上可能会害怕。那怎么办?他们还在三个小时车程之外。

做这个决定花了很长时间、尽管把女儿留在家中比带着女儿出行花费了更多的时间,但这个机会让她体验未来她要如何独自居住。"你仅仅告诉你的朋友不能来是不够的。"父母提醒她,"你必须要打电话给我们,甚至给警察,如果他们来了不愿意走。"这些预防针看来起了作用。这个晚上不能在家里开派对,他们的女儿同意并理解这个要求,要不然她就不会再有第二次机会。在紧急情况下,如果她只是决定不愿意自己一个人在家里过夜,她可以去邻居家,并征得邻居同意,将后院的灯开着,给她一把钥匙方便她出入。如果她愿意,可以睡在他们家的暖房里。

父母出门前,让女儿复述注意事项。这并不只是为了让他们安心。他们看到女儿的回答也让她自己觉得安心,或许让她觉得自己更有信心应对紧急状况,她知道自己要怎么去做。

他们离开后,打了好几次电话,好像觉得有点多,但是最后大家都觉得这样的安排不错。这是一场精心策划的赌博。没有前进一大步,但给予了女儿成长所需要的挑战,然后她才有可能接受更多的风险和挑战。从好的方面来看,我的同事分析道:女儿年龄尚幼,她愿意听从父母的建议并付诸实施。当我们这样与孩子们协商,赋予他们可控的机会感受自己的力量,我们就在正确的道路上计算健康的冒险和承担责任行为,以便自然地培养爱冒险的孩子。

> 当我们尊重、好奇、欣赏孩子们通过他们的行为努力实现自己，沟通最为有效。

### 孩子们的难题是最好的解决方法

偶尔，在困境中挣扎的父母会误解孩子们的话。更重要的是，他们怀疑这些叛逆的孩子们是否只是用问题和鲁莽来刺激他们，刺探他们能否真正地了解自己的世界？如果我们要帮助孩子们安全成长，让他们在自己的世界智慧地生存，我们必须容忍他们表达自己成长的方式并理解他们的经验。实际上，这意味着孩子们的反叛、慈善、绝望或自立的故事不仅仅是父母认定的危险或失范的行为所能遮蔽的。这些行为是心智平稳发展的证据，每一步都在渴望建构自己的身份。

当然，孩子的一些行为会让我们抓狂。然而，抚养一个努力去理解世界的孩子比逆来顺受这个世界的孩子要好很多。冒险行为和责任感的寻求是孩子们成长最好的策略吗？难道说所有这些问题和麻烦最后真能有益于孩子们的成长么？

有的时候我也为这感到疑惑。然而，与越来越多的孩子们工作，我不断地听到每个"问题青少年"都在说，他们不认为吸毒、暴力、逃学、伤害自己和他人是正确的。他们知道，和我们一样清楚，这些危险的、违法的、越轨的和失范的行为有它的坏处。但是，他们也知道在缺乏很多选择的情况下，父母们认为是愚蠢的、坏的、鲁莽的行为是能够给他们带来归属感、信任感、责任感和效能感的行为。他们的问题行为，按照他们的解释，只是长大成人的歇脚石。

父母和每个我曾遇到过的监护人都很担心，如果承认，甚至认可孩子们问题行为的合理性的话，我们可能会强化甚至放纵孩子们的行为。例如，很多父母都反对在高中为未婚少女妈妈和她们的孩子们成立日间照顾中心。"如果我的女儿看到那些女孩和她们的孩子会怎么样？她会不会也想变成那样？"

我不确定。我们怎么能够相信孩子们在有选择的时候会选择未婚少女妈妈的嘈杂混乱的生活？同理，他们会选择做一个越轨少年？瘾君子？妓女？离家出走者？我们怎么能这样怀疑孩子们的常识呢？

提醒你，如果一个未成年女孩选择成为母亲，或至少有可能冒险成为母亲，是因为少女妈妈成为她的个人角色和自我定义，成为她的社区的一部分，至少她被认可为成年人。我确信这一点，一项对年轻女性长达35年的跟踪研究告诉我们：当她们面临学业失败、就业前景渺茫、不能逃脱贫穷的时候，成为一名母亲能变成进入成年并在社区中占有更有力量的位置的一个策略。[32]成为母亲对于这些年轻女孩来说有着一定的吸引力。

毫不吃惊的是，尽管生育孩子有着明显的光环，很多我遇到的女孩都是意外怀孕。对于这些女孩而言，她们在学校的角色作用常常被用来作为不安全性行为的威慑物，她们告诉我，她们应该更谨慎，警觉她们的行为可能带来的后果。倾听这些女孩的说法使得我思考，我们应为每个高中的少女妈妈们都设立日间照顾中心。

> 回想自己的童年，我们才能理解孩子们行为的意义。我们也寻求有力量的方式向别人来证明自己。对我们很多人而言，寻求接纳的冒险使得我们陷入奇怪的境地，当年父母不同意我们就好像今天我们在阻止孩子一样。

### 需求：新的、更有力的自我诠释

在我作为治疗师生涯的某些特定时刻，孩子们胜利了。我曾经很努力地说服自己，只有一些冒险行为有意义，那些行为是我所能接受的。如果我遇到青少年吸毒、自己还是孩子就生了孩子的少女，我确信这些孩子错了，错得离谱。吸毒可能会造成他们想象不到的问题，少女怀孕也一样。坦白地说，我不希望孩子吸毒也不想看到少女怀孕。我希望孩子可以用我赞成的方式——实际上，如果我是他们的话，我会采用的应对方式——去应对。我依然有这样的信念，只是现在我认识到这些想法根本行不通，不论是在咨询中，还是在亲子互动中。

相反，我渐渐理解了在不同情境下不同的行为保护孩子们不受伤害。当吸毒和少女怀孕看似悲剧的时候，青少年告诉我，这两个问题行为帮助他们摆脱无用感、被虐待、缺乏关爱和自杀。我从来没有想到过他们用自己的身体和未来的冒险可以等同于精神上的生存。是的，这是他们告诉我的。他们的生命故事告诉我，当面临处理生活压力的时候，年轻人可能没有完美的应对策略,他们只是在追求成功,不管几率多大。

> 孩子们表现抗逆力的表现可能不符合父母的期望,但我们要小心不要试图"问题化"孩子们。我们需要首先理解孩子们的行为,再提供一个让他们感到安全的替代行为。

**抗逆力的多元解释**

我遇到很多孩子运用创造性的方法应对逆境。在巴勒斯坦的难民营中,我看到了当地很多由少年组成的"部队",他们用保卫家乡和祖国的集体誓言来欢迎我。虽然我来自一个非常平和地表达民族主义的国家。然而,对这些孩子而言,这是一个很重要的方式去确认他们是谁以及他们对于未来的期望。那天,他们教会我民族自豪感和乐观精神。

几天以后,在以色列,我遇到了一些谈论和平的少年,他们忽略生活中,无论在公共汽车上、在汽车上,甚至在沙滩玩耍的时候,威胁着他们的各种危险。轰炸、恐怖袭击和战争离他们那么近,而孩子们只想简单地过他们的生活,交朋友并梦想着未来。这些孩子们教会我坚持以及需要尊重年轻人的贡献。

在巴基斯坦,我遇到17岁的电灯泡工厂工人。在土耳其,青春期前的女孩子愿意编织丝质地毯,为将来成为一名编织工人做准备。我能坐在北美的家中,期望做童工不是这些孩子的必经之路,但重要的是,我理解,孩子们自己的生活经历和我们想象的非常不同。实际上，对以上的孩子们的研究告诉我们，孩子们愿意为家庭作贡献，而不要成为家庭的负担。他们珍惜来自工作的一种责任感和别人怎么看待他们。救助机构认识到这点也不再倡导完全直接地取消童工。相反，他们现在聚焦在教育儿童和寻找替代行为的缓慢过程中，这一替代行为需要在他们所在的社区中有着同样的意义。

> 在充满风险和矛盾的世界，孩子们寻求以最不寻常的路获得健康。

在西非的塞拉利昂和美国都市，孩子们因战争或因帮派暴力拿起武器保护自己。针对那些被认为是敌人的人，他们表现出令人难以想象的暴力行为；而另一些人从他们的愤怒和仇恨中获得好处。仅14岁，这些孩子们只知道战争和暴力，并已经早早地过上了成人的生活。当援助组织或者警察来解散少年士兵和帮派成员，毫不奇怪这些外来做好事的人会遇到他们所希望帮助的孩子们的反抗？毕竟，我们能够给他们提供的是不是他们已经拥有的？权力？控制？归属感？对他们的社区有意义？

在北极圈，我遇到过11岁的土著少年，他们大多没有完成学业，与父母生活在土地上，自愿放弃了现代化的便利设施，例如：电视、中央供暖。这些孩子们对他们的语言和文化非常自豪，即便他们几乎不识字。我们是谁？我们怎么能评断，哪些产生抗逆力的途径更有意义？在特定的环境中，我们看到，孩子们选择的路径，帮助他们生存和发展。

### 抗逆力的途径

当孩子们处于生活的绝望境地时,他们会选择什么样的自救方法?即便是生活在西方富裕国家中的孩子也会表现出脆弱与无助。对于成为消费主义社会中的一颗小螺丝钉,孩子们感到说不出的恐惧。只要想想平克·弗洛伊德乐队那首《只是墙上的另一块砖》歌中的焦虑,你就明白了。

很奇怪,即便家庭经济好、上好学校、住在安全的社区,孩子们还是会遇到问题,他们常常鲁莽地让自己陷入危险。更讽刺的是,富裕的社区对于顺从的要求要远远高于那些低收入的社区。毕竟,在这些社区,市场是个最大的推动力,而不是毒品贩子。正如社会学家亨利·吉鲁(Henry Giroux)雄辩地说,当今企业社会正在发起针对青少年的战役,好的孩子是那些"应战"的孩子。[33]吉鲁担心的是我们将孩子变成为类似于商品、要符合成年人和企业精英需要的"东西",但我们却不愿意为他们做些什么。

### 不同的社区,不同的替代方法

想一想你的社区。每个社区都有独特的价值取向,每个社区都想教给孩子们独特的技能以帮助他们生存。什么是你的孩子必须知道以便帮助他们长大成人并获得社区中成人所享有的权利和权益?如果能够回答这个问题,我们就能在孩子们觉得自己负担过重的时候更好地帮助他们前行。不是所有的孩子都愿意接受我们的帮助!有时候他们只是将我们的邀请放在银行(记忆银行),在他们大了一些并成为社区一分子的时候再拿出来回想。

然而，每个社区都能提供孩子成长所需要的。当我访问以色列的基布兹，让人印象深刻的是，我发现孩子们14岁就获得许可搬到离家几百米的地方去生活。在那里，他们自己掌握时间，社区仍期望他们继续上学，兼职打工，最终成为合格的基布兹①人，一切都让人惊讶地运作良好。仅仅是想象我们的社区给予孩子们这样的自由就让我发笑。我也在想，如果父母能找到地方把14岁的孩子送走，该是多好的事情。

当然，在北美，我们的孩子们没有生活在类似基布兹的社区，那里家庭和社区的界限十分模糊；在那里，邻居的孩子就好像我们孩子的兄弟姐妹。基布兹人的整体生活方式为孩子们更早做好了独立生活的准备。

我曾遇到孩子倾向于成为社区中极度虔诚的宗教人士，让他们的世俗父母感到费解。我也遇到孩子想重拾旧的传统的情况。我认识一个女孩，她学习编织是因为她知道她出生于东欧的祖母孩童时代的少女们都这么做。她还对东欧文化的现代艺术表达非常有兴趣，例如前东欧国家的音乐。这些加在一起变成了色彩和音乐的弹性拼凑，她用来为自己创造了鲜活的性格。这也使她的父母发疯，困惑为什么孩子要寻根，寻找那些他们早就要抛弃的东西。

我们的孩子仍然会挑战我们"老人"，通过他们的眼睛去看待传统。有孩子穿着异域风情的服装去教堂，或学会演奏苏

---

① 译者注：基布兹是指以色列的集体社区。

格兰高地祖先的风笛，然后加入摇滚乐队，将风笛和电吉他结合起来。

不管我们的孩子的行为方式多么奇怪，怪异到他们能到达的一种极致，我们仍要记住他们从来不是毫无目的。

# 第八章 联 结

我们的孩子从出生到青少年，都和我们住在一起，远离独立的孤岛。冒险算不上什么，毕竟没有人注意到，我们是多么特别。

儿子四岁的时候，他可以一连几个小时，坐在那儿搭积木塔。他喜欢把积木堆到摇摇欲坠的高度然后看着它们倒塌。这是他的很小的方式，也是他面对更大冒险来临前的预演。有时候，如果他成功创造出一些非常特别的东西时，会叫来我和妻子一起欣赏。他现在大了，积木早丢到一边了，找到新的玩具了。现在是 iPad① 和数码相机。他是家里的官方摄录师，负责整合家庭度假照片影像的幻灯片放映。玩具不同了，复杂程度经常超出了我能理解的范围，但他还是会常常叫我们来欣赏他的作品。

当创造自己的故事时，我们不仅局限于一个角落，而要全面的描述。尽管流行心理学已经告诉我们，我们可以通过独立的自我思考、个人成长、周末休息和自我提升的学习来塑造自我，那些最严肃调查者审视我们如何创造身份，告诉我们个体只有在他人作为镜子的时候才存在，反馈给我们需要知道的事

---

① 译者注：iPad 指美国苹果公司生产的一种平板电脑。

情,或者我们有多糟糕。邦·乔维(Bon Jovi)的歌《两个故事镇》(Two story town)就捕捉到年轻人的绝望,他们试图为自己创造新的故事,然而社区和家庭却只把他当成制造麻烦的人。很多成年人也有同样的烦恼,大多数人都希望能够讲述我们全面的故事让别人了解,不论故事是好是坏。

### 尝试不同的做法

孩子们希望我们能注意到他们。儿子很小的时候,他要求我去看他每一场足球练习和比赛。现在作为一个青少年,直接开口要求我去看他比赛会使他尴尬,所以他会通过其他的方式来引起我的注意。他会把鼓敲得特别大声,当我叫他吃晚饭时,也不停下来。他会带着朋友们在房子里走来走去,像一群蝗虫一样涌向我们的冰箱。他向我们宣告自己的存在,尽管有时会采取一些奇怪甚至令人恼火的方式。

试试这种方式。在一周内,尝试找出孩子希望你参与他的生活,试图告诉你他是谁的例子。

你认为自己不重要?再想想!

一位朋友在给他16岁儿子洗衣服时,在口袋里发现了一个啤酒瓶盖。巧合吗?也许。或者是他试图告诉妈妈他已经到了可以喝酒的年纪了?在口袋或者房间触手可及的地方放一个小本子和笔。不要对孩子提起,留意他做使你沮丧、生气或者要得到你允许的事情的次数。留意微小的线索。就算孩子不想告诉我们他们的生活,他们确实常常也会很高兴知道我们比他们想象中要了解他们。当过了宵禁时间还在外流连,他们怎么让你知道?他们对宵禁的抗争为了什么?有没有可能是为了向你证明他比你想象的要成熟？当孩子没在家吃饭，他是否会在意你留意到这件事？

作为父母，我们有责任说出来。告诉孩子，你惦记着他。我的经验是孩子希望得到反馈而不是被忽略。他们希望我们在意他们，然后他们再反抗我们：就像一双旧鞋，尽管他们觉得过时了，但还是觉得很亲切。

告诉你的伴侣，让他们观察同样的线索。一周结束时，比较你们记下来的要点。与伴侣讨论你的观察。然后问你自己，"孩子所有危险的和让你恼火的行为是不是为了让我在他的生活中？"你很可能会发现，你对孩子要比你想象的重要得多。

但是，有一点要注意，不要与你的孩子分享你的观察。如果你这样做了，你只会使他难堪并使他意识到他依旧那么需要你。

如果你能正确地解读那些线索，那么在建立与孩子关系的时候，你就占据了一个强有力的位置。试着照下面这样做。

● 告诉孩子，他让你惊喜。你并不必对他做的每件事都大加赞赏，但你必须让他知道你注意着他。当他的发型和穿着很夸张的时候，先跟他抛个媚眼，然后告诉他，你的真实想法。当他试图用自行车表演特技时，告诉他这很疯狂。阐明你的立场不代表不同意。告诉他们你的想法和感受。"我就是死也不会这样穿！""看你做那些特技让我胃里翻江倒海的！"这些话，传达了你对他们行为的在意，但不包含对他们的指责，告诉孩子"你对我来说依旧很重要。我很在意你，所以我要告诉你我的想法。"我把孩子夸张的行为看作一种非常大声的交流，就像一个人冲我大声喊叫。如果他们在一开始就吸引了我的注意,他们就不必一直喊叫,甚至做一些更危险的事情。

- 做点什么,任何事情,让你的孩子了解到你已经意识到他们试图独立,变得更成熟。如果你发现儿子喝啤酒,并且意识到这是他想变得成熟,有责任感和可靠的方式,也许你该抓住这个机会来和他讨论一下饮酒的责任问题。告诉他你第一次喝酒的情形,甚至与他分享你酒后失态的情况。

- 让你的孩子承担起家里更多的责任。想知道他们能承担什么样的责任,像个预言家解读茶叶一样解读你孩子留下来的点点线索。这些线索能告诉你孩子真正需要的是什么。如果孩子渴望更多的冒险,那就帮助他们找。带他去一次冒险之旅,或者为他提供冒险的机会,然后站在一边为他鼓掌加油。

### 一个令人愉快的惊喜!孩子们希望我们参与他们的生活

在第五章,我提到 15 岁的罗拉·李,她尽力掌控自己的生活。关于她自己养活自己,父母似乎对应该呵护她多一点还是应该放手不管,充满了矛盾。尽管罗拉·李可能是青少年中企图用错误方式证明自己的典型代表,但她有另一个故事要说,这个故事让我惊喜并给我希望。

当我和罗拉·李建立信任关系的时候,她坦白告诉我,在大多数时候,她希望有人在意她的福祉并告诉她应该怎么做。这实际上是渴求建立自我认同身份的青少年不寻常的坦诚表达,虽然她们常说自己不需要别人帮助。

她说,"如果在更小的时候认识我,你会看到我总是希望能够做到我想做的事。"

"但现在你不再希望了?"在一次我们独处的时候,我这样问她。

"不,我有能力作自己的主。我妈妈现在绝对不会控制我了。我觉得自己几乎就是个成人了。就像责任感这件事,不仅是对他人负责,更是要对自己负责。"

遇到像罗拉·李一样的孩子时,我曾像大多数成人一样犯过同样的错误。我不经意地使她戒备起来。我暗示她的"行迹"败露了,我知道她想放弃对生活的控制权。她做了大多数孩子会做的,完全推翻我的假设。她并不打算放弃她自己,也不打算放弃承担责任与寻求冒险的快乐。我又试了一次。这次我问她,"你想要更多地控制你的生活么,你想要更多的责任么?"不是完全出乎意料的,她的答案不同了。我给了她一个机会说出来,她说"是的,但是……"的机会。

她说道,"好吧,也不尽然。对自己全权负责会给我带来麻烦,像警察,我爸爸,我的家庭。因为我做的好多事情都是违法的,或者至少对于跟我在一起的人来说是违法的……其实事情并不一定要这样。只是做违法的事情很令我激动。"

我问道:"你的意思是如果有个人在某些程度上适当地管你会更好些么?"我努力去理解。

"大多数情况下是这样的。"她笑道,"我在我叔叔婶婶家的时候就表现得特别好。我婶婶对我真的很严厉,而我叔叔却很放松,所以那意味着只有我婶婶对我严厉。我不知道,只是这样使我完全转变过来。这跟我在家里时是完全不同的。"

"怎么会这样呢?"

"我只是嘲笑我妈妈,我不在意她说我什么。"

"但我不明白,你是说你希望你婶婶来管你?"我还是很疑惑,问道。

"一开始我很生气,我还是想做我想做的事。和朋友待在一起,没有宵禁,随时和男朋友出去。但是过了一段时间,我不知道。我觉得当她那样做的时候,我变得更好。"罗拉·李看上去和我一样有点困惑。"当有人管我的时候,有很多事我不能做。而且能做的事情越多,我就越有可能闯祸。所以当有些事情我不能做的时候,我就不得不分配我的时间,因为我只有那么一些时间可以和朋友待在一起,我知道这听起来很奇怪,但是我不再闯祸了。虽然说我以前闯了很多祸,但是现在就根本不会了。"

"所以让你妈妈适当管管你可能真的会使你感觉好一些?"

"是这样!"她这次笑得很大声,"但你别告诉妈妈我这样说了!"

### 获得关注

很多孩子坚定地依赖一小部分人来反复地告诉他们,自己是谁,自己是多么特殊的存在,这并不奇怪。事实上,有些孩子只有一种有力的方式来描述他们自己,因为他周围的人,包括他的父母,没有为他们提供除此之外的其他机会。在我们的孩子投奔他们的同龄人之前,我们要记住的是,他们其实更想投奔我们。

至少他们会这样,前提是我们不再把他们看成是无能的、对他们自己之外的任何人都不关心、都没有贡献的人。事实上,最近的《时代周刊》有篇文章提到 13 岁的孩子们不希望自己被看作这样的人。他们憎恨自己被视为"候台成人",等待着登上舞台却还没到达那里。

我们可能要将进程加快。值得注意的是,《时代周刊》对13岁的孩子们做了民意调查,结果显示,他们的价值观是很主流的。68%的人认为父母有权利适当参与他们的生活,而且大多数人都认同父母对于性、婚姻和毒品的态度。[34] 可能只有我这样认为,但是这些孩子已经准备好为他人做出贡献了。

相反,来自过度保护和缺乏监督的家庭的孩子们,自己独立寻找和建构自己的身份。他们形容自己的词通常只是很简单的"害羞"、"恃强凌弱者"、"难管教的孩子"、"老好人"、"怪胎"、"总是负责任的那个"或者只是"疯狂的"。看到这些词,我们会想知道,为什么孩子们不找一些更好听的词来形容自己。但即便是这样的自我描述也能给他们带来安全感。孩子知道自己是谁。他们了解规则并且知道如何让自己引人注意或者保持默默无闻。尽管冒险,但这使他们感觉舒服。也许听上去很奇怪,但是害羞的孩子可能尝试自杀来使自己消失。恃强凌弱者可能会在操场上向他人挑衅来引起注意。疯狂的孩子可能挥舞着刀子跑来跑去来使人们相信他比他们想象的更糟糕。甚至"疯子"对于某些孩子来讲也是一种身份。

其他的孩子在如何使人们了解他们方面可能更加灵活。他们学到新的描述自己的方式,就好像在人行道边捡起一枚硬币。随之而来的对他们来说都是好的。如果嗑药①是个和一群

---

① 译者注:嗑药,指非医疗目的地服用安眠药、镇静药、麻醉药、兴奋剂等药物,有时也可以做为吸毒的代名词。另外也指游戏中的喝药行为。

成为潜在朋友的人交往消磨时间的消遣,那么干吗不嗑呢?如果在学校表现良好是一种更广为人接纳的好办法(而且孩子既有能力,也做得很好),那么就这样做呗。孩子们变化很快,他们可能一时有个强有力的身份,又很容易转变到另外一个身份。但他们总是在寻求四条强有力的信息。

大多数意志坚定的孩子能够建立起自己的身份,并不怎么担心别人是否会支持他们。这些孩子是幸运的,他们坚持让我们把他们看作独立的个体并用他们的方式接受他们。我总认为这些孩子会在教堂里放些"基督摇滚音乐"或者穿一些别人从没穿过的衣服在学校里引起骚动。他们也是那种会在城市繁忙的十字路口帮汽车清理雨刷器来赚取零花钱的孩子。听听他们是怎么描述自己的:他们是在这个世界上自力更生的"个体户",不是我们误认为的乞丐。

**父母可以为孩子建立有力的身份认同添砖加瓦**

尽管很多人在孩子寻求身份认同中扮演角色,但孩子们告诉我,他们仍旧更倾向父母和其他照顾者如老师,能作为他们的榜样。如果我们能提供一系列帮助他们建构身份的词汇,那他们会认为哪些词汇是有力的、积极的呢?

我们都需要认识到自己独特和特殊之处。最成功的冒险者是那些擅长让周遭的人注意到自己的过人之处的那些人。我们知道孩子的同伴更愿意为冒险行为鼓掌喝彩。作为父母,我们有责任做同样的事情。如果我们总在支持他们,他们为了获取注意而采取的破坏性行动就越少。

> 孩子们在寻找更多的新方式来描述。作为父母，我们能给他们提供强有力的新的身份或者是用没完没了的讥讽让他们难以摆脱旧的身份。孩子面前一个有智慧的父母应该用很多不同的方式让他们知道自己是特别的，然后让他们自己选择。

根据孩子们的说法，父母的下列做法对他们从风险中成长最有帮助：

1. 父母提供给孩子很多不同的方式来描述自己。

2. 父母投入很多精力参与到孩子的自我描述中，留意孩子的特别之处和他们经历的每一个新的身份。

3. 父母对孩子各种组合身份的认同。（是否遇到过朋克[①]基督徒？一个具有企业家精神的高中辍学生？）这些都是把新的和旧的组合起来创造一个有力的、广为接受的、非常独特的身份。

4. 不管看上去孩子的行为有多排斥他们，父母始终记得自己在孩子的生活中占有一席之地。

5. 父母要帮助孩子找到可以展示他们独特身份的新观众，这些观众要注意到孩子们想表达的特别之处。举个例子，尽管有时候孩子的举动会让人难堪，父母一定要向祖父母说明孩子在做什么，这是很重要的。这是一种保持与孩子互动的方式，

---

① 译者注：朋克（Punk），又被译作庞克、崩，诞生于70年代中期，一种反当时的传统摇滚、商业摇滚的音乐力量。朋克音乐不太讲究音乐技巧，更加倾向思想解放、追求个性和反主流的尖锐立场。后"朋克"逐步演变成一种行为艺术，一种思想，一种文化。

这样孩子就知道,尽管父母有时不赞同他们的做法,但是非常在意和关注他们。

**尝试不同的做法**

你确定你的女儿是在同龄人的压力下行为不端吗?你确定她是因为别人的怂恿才做些不该做的事情,让自己惹上麻烦么?或者,有没有可能因为你的孩子在寻求别人的赞美、发现,而这群人恰好愿意说她爱听的话呢?她是多么的与众不同?她是怎样长大成人的?回想孩子在她的一生中听到的所有评价。我在白纸的中央画一个棍子代表她,然后我画线,把她生活中重要的人(父母、老师、亲戚、校车司机、朋友其他)连起来,然后,把孩子从这些人那里听到的最重要的评价,好的或者坏的,用引号引起来。他们叫她暴力女、自甘堕落女、聪明的孩子、万人迷、失败者、痴迷者、吸毒者、懒散的人、高兴的人、有趣的人、麻烦制造者、笨蛋、性感的女孩?现在把你的孩子想象成一大块磁铁,把这些评价看作一块块的冰箱贴。哪一个是她最喜欢的冰箱贴呢?谁将从她的生活中扫地出门?这些描绘你的孩子的信息说明了什么?这些信息告诉她什么?她是有归属感、值得信任的、负责任的、有能力的吗?现在想想,你给她的评价传递了什么样的信息?就算你曾经给过她相同的信息,为什么她选择听从她的同龄人或者其他成年人,而不是你呢?

最后一个问题并不好回答。每个孩子都是不同的,而且每一年都发生变化。不管怎样,如果你发现你的孩子不愿意听你所描述的她,你可能要试着给她一个别的信息,更符合她的需要的信息。下面是告诉你该怎么做。

如果你最近没问过，问问你的孩子：

除了父母，其他人怎么看她？

她希望这些人如何看待她？

她觉得你是如何看待她的？

她希望你如何看待她？大一点，年轻一点，更加成熟还是相反？

孩子通过你对她的语言和行动来获得你对她的评价。如果你希望孩子对你的评价更在意，你应该这样做：

- 说出来。说出她身上的闪光点，说出她在意的事情。
- 做出来。表现出你相信她可以处理风险，对自己的行动负责。让她为家人做顿饭。让她出去兼职。邀请她男朋友来家里并让他感到自在。跟她聊聊你以前不提的避孕和禁欲的事情，让她适当为自己的行为承担一些后果（但你要关注她，以防她需要帮助）。
- 爱。不要忘记告诉她你有多爱她，就算你觉得说出来会很难为情，就算你觉得她听到会很难为情。

### 安全的成长需要与成人建立联系

"她基本不在家。在放学后她回到家在冰箱里找东西的那两分钟，如果我要是看见她了，算是我的幸运日。"这是来自波琳的抱怨，她有个16岁的女儿玛丽。"然后她就消失了，好像她在我家寄宿而不是我女儿。"波琳的抱怨很常见。

"我妈总是唠叨。"玛丽说道，"我只是想和朋友出去而已，如果我不陪她好像总是很大的事情。她真的需要有自己的生活!"

很难去说服经历这一场面的父母:孩子仍旧需要他们,与他们的家庭紧密联系在一起。但是,为了让青少年获得力量和自我肯定,他们需要在生活的各个层面建立尽可能多的关系。这包括父母、其他照顾者还有他们的同龄人。

发展心理学家认为人们在与别人联结中成长。如果能够在家庭中获得自尊和自信,玛丽就能处理好家庭关系。但是,作为成人,我们会忽略显而易见的事情。毕竟,父母们为孩子提供优越的物质条件,但孩子们似乎总是在惹我们生气!

当我和波琳分享这些的时候,波琳说道:"好吧,她丝毫没有表现出需要我。玛丽经常就晚餐对我发号施令,那还是她肯赏脸的情况下。有的时候,她整晚都在打电话。老天爷,我们根本就没有相处的时间!"

冲突背后的意义是很难被发现的。但是,这些意义依旧存在,探讨这些意义对于修补父母与子女的关系至关重要。大多数青少年对父母的态度是很微妙的,孩子们内心很脆弱,但外表很霸道、无礼。

### 父母的决定和孩子的生存

当问题接踵而至的时候,孩子们的生活最充满风险。这种情况可能会发生在任何家庭,单亲、双亲、同性伴侣的家庭或者与祖父母生活在一起的家庭,无一幸免。没有证据证明,某种形态的家庭或某一种生活方式,一定就比其他形态本质上更优越。因为,每种形态都伴随着不同的风险,包括那些舒适安逸的家庭,孩子往往要更加顺从,从而缺乏冒险和获得责任感的机会。我们需要扪心自问,"我们家庭的生活方式对成人或者孩子构成问题吗?""孩子们能胜任我们提供的挑战吗?""有人关注孩子们如何战胜挑战、获得成长并为他们喝彩吗?"。

举个例子,1998年社会工作教授梅达·盖林斯基(Maeda Galinsky)的团队做过一个有意思的电话调查,该研究调查双职工家庭中的父母和孩子的应对策略。

研究结果远不是造成不可调和的问题,盖林斯基发现,双职工的父母给孩子和父母都带来挑战,双方也会一起克服。我由此可以认为,孩子们因为这一点反而变得更强大。尽管大家都很忙碌,家庭还能够有许多办法应对并保持联结。

- 前一晚准备好一切,第二天开始就会井然有序。
- 设定错开的起床时间以减少早上起来争抢卫生间的几率。
- 养成告别和问好的习惯,例如早上一起走向公车站或者晚上一起准备晚餐。
- 成年人和孩子们都要谈论今天发生的事情。分享一天中彼此最高兴和最沮丧的时刻。
- 父母不在的时候,为孩子们找到其他值得信任的照顾者和教育者,让孩子们能及时得到关爱。
- 在固定时间同孩子一起阅读、玩耍,或者就待在一起也行。
- 保证父母有单独相处的时间或与其他成人交流的时间。

相比那些生活在有一个全职父母的家庭中的孩子,来自双职工家庭(或单亲家庭)的孩子未必一定陷入危险处境。实际上,孩子们当父母工作的时候有更多的责任感去贡献,孩子有更多的任务、责任，并认为他们可以控制自己的生活。

这些孩子也可能告诉我，为家庭作贡献的时候，他们感觉很骄傲。他们觉得自己是重要的、有能力的。我觉得，当孩子们要求对家庭做出贡献的时候，我们可能过于担心了。我觉得承担家庭责任对他们是有好处的。

**培育父母非常困难**

当父母固执地认为自己做的一切都是为孩子好的时候，孩子们也花费大量的时间处理我们对他们未来的焦虑以及他们也许将自己置于险境的焦虑。否认孩子协商控制权的拉锯，我们就是否认这一强大关系的本质，即便孩子们即将离开家庭。

> 孩子是不可能在家里或者在某一个同龄人群体里尝尽人生的酸甜苦辣。如果想树立自己的价值观和信念，孩子们需要接触更多不同的人和事。

萨曼沙极具天分，但她却没法使得周遭的人察觉到她的特别之处。她的家人只看重英语和数学的学习成绩。这些天分强化了他们如何看待世界。中产阶级的商人有强烈的企业家精神，他们希望女儿最好。他们坚信她要做一些事情以便未来能养活自己。毫不奇怪，他们觉得萨曼沙的艺术天分是轻浮的，甚至是有威胁性的。萨曼沙告诉我，为了觉得自己有能力，她必须要觉得有掌控力，特别是她的直系和延伸家庭如何看待她的天分。她的最大的风险在于她所相信的却被父母认为是挑战。

如果萨曼沙能碰到一个学校的艺术项目和尽心尽力的老师就会很幸运，但是她没有。那个项目因为缺乏资金被砍掉了。她也许会在以后的生活里重新找回她的天分，但现在，她的天分休眠了，隐藏在毫无意义中，这将她与那些爱她的人推得越来越远。有些像萨曼沙一样的孩子，不管别人怎么想，他们依旧画画（蹦床或者玩沙滩排球），但更多的孩子不会。我们作为父母就要为孩子打下基础并帮助他们寻找到最擅长的事情。通常这意味着我们必须放低我们的期望，然后让孩子来主导自己的人生。我们不得不放弃我们对他们的一些控制权。我们必须要承认我们并不总知道什么是最好的。

### 相信孩子的选择

事情一贯如此。在《万世千秋》（*The agony and the ecstasy*）[35]里，欧文·斯通（Irving Stone）虚构了米开朗基罗的大部分生活。米开朗基罗创造了雕塑大卫，他在罗马的梵蒂冈西斯廷教堂里留下了惊世杰作。斯通讲述了一个艺术家的故事，他的家庭从来都不能理解他的职业选择。米开朗基罗来自一个商人的家庭，从商是他的唯一选择。如果要寻找一个父母不理解孩子天分的案例，这绝对是一个。萨曼沙应该读一读这本书，也许能帮助她理解自己的感受。读完后，也可以让她的父母读一读。

> 为了觉得自己有能力，孩子们需要周围的人认可他们的才能。

我们只能猜想，米开朗基罗如何超越，并获得如此的创造力。站在参观梵蒂冈西斯廷教堂的一大群游客中间，看着教堂的天花板，你依然会为那富有感染力的壁画的视觉和技巧所惊喜。想想看，仁慈的上帝来到人间，亚当的手与上帝的手如此接近，但没有真正接触，人们可能会猜想这究竟是不是米开朗基罗在描绘他与父亲糟糕的关系呢？在壁画中，我们能看到些沮丧停滞在那里。我们很多人，都像米开朗基罗笔下的亚当一样，和我们最崇拜的人是如此的接近，却又如此遥远。

在我们更为世俗的生活中，当父母看孩子做他们认为危险的事情的时候，他们也很沮丧。很难去安抚有类似萨曼沙的孩子的父母的恐惧，他们深信孩子们的选择是将他们置于危险境地。用父母的话来说，萨曼沙从事艺术工作不会给她带来任何好处，只能让她"饿肚子"。但是，我们不能为孩子做决定，哪个天分才是他们最好的工具，并让他们为自己感到自豪。我们必须允许他们跟我们不一样，就像我们希望并鼓励他们和同龄人不同一样。

如果我们为孩子的选择制造空间和世界，我们就能够做出改变。很多青少年只能在朋辈群体中寻找到这样的空间。我们需要回顾我们自己的青少年生活，去寻求答案寻求将他们从无意义的生活状态或者有问题的生活方式中解脱出来的答案。

**愤怒的分离**

当我们不再为孩子加油鼓劲，而变成了一个独裁者，孩子就会离我们越来越远，我们把他们推向了更冲动的、更接纳他们的同辈群体。

充满愤怒的青少年很容易冒险，置自己与他人于危险之中，与他们的父母关系特别复杂。

肖恩大多数时候都生活在父母的阴影下，与父母关系紧张。尤其当肖恩不到 16 岁的时候邀请 5 个朋友喝酒派对，烧毁了父母的房子，亲子关系肯定会更加紧张。

但要注意，问题并不是从那时候才开始。在烧掉房子之前，肖恩就是人们眼中的"问题少年"。他经常躲在地下室，水泥墙上贴着重金属乐队的海报。在肖恩的房间中，破旧的立体声音响立在角落里，旁边有一摞整齐的 CD，与此形成鲜明对比的是学校指定阅读的小说和数学课本散落在地上。

在儿童保护服务局工作期间，我曾去过肖恩的房间。那时，肖恩已经逃学一段时间了，父母似乎也不能让他重新上学。他们不能拉他去，他们也没有什么惩罚他的方式。他们也不能没收他的东西，因为这些东西都是肖恩用自己的钱买的。他既不怕威胁，也不好收买。如果有人运用威胁的话，那就是肖恩。他总是警告父母，如果他们再逼自己去上学，他就会把这房子给拆了，而且，他是认真的。

当然，肖恩并不一定是个坏孩子。他只是在努力寻找自己的生活。他从未感觉到自己有很多选择，就好像他从来也没有想清楚这一点。肖恩的爸爸是一名退伍军人，做事一板一眼，他很好地控制肖恩直至他十三四岁。于是"第三次世界大战"爆发了，这是肖恩的原话："在那之后，老爸不让我做任何事情。他不会打我，但是会给我禁足好几个月。但我有办法，我在晚上会从窗户溜出去，和我的朋友一起玩。我根本就不在乎他定的那些规则。"

> 有时，在孩子疯狂寻找属于自己的新身份的时候，会逃离原来的自己。这对孩子来说是最危险的。

我见过肖恩的爸爸雷，他是个不错的人，确实很努力地为孩子们着想。他还有两个儿子，一个比肖恩大，一个比他小，他们都很好，但肖恩不是。雷和肖恩两个人就像油和水一样处不来，不管雷试图灌输给肖恩什么样的身份他都不同意，好像肖恩不惜一切代价要成为不一样的人。

雷对房子的事儿处理得很好。他花费更多的时间来安抚妻子雪梨，而不是表达对儿子肖恩的不满。当我们在监狱里与肖恩见面时，他也尽量给予支持，也许他觉得他被击败了。雪梨不停地问肖恩，"为什么？"不管肖恩怎么解释"那是个意外"，她都不满意。在火灾中，她失去了古董、老照片、过去30年收集的装饰品和小玩意儿，好像她所有的过去都被毁了。

肖恩坚持说他不是故意纵火的。"我们都逃课出来了。我记得我们去学校的休息室，一直待在那儿，直到一些浑蛋让我们离开，我们就去一个朋友家，但是他妈妈在家所以不行。然后我们就去酒店，让一个人帮我们买一瓶酒。一个朋友偷偷溜回家，乘妈妈上楼的时候，偷偷拿一点钱。奇怪的是，我们本来打算喝一点酒，留一些，回到学校，叫上朋友再一起玩儿的。"我坐在一旁听着这些，肖恩的父母坐在那里，双手交叉在胸前，仿佛随时准备叫骂和诅咒他的样子。

"不管怎样，我们最后都回到我的房间喝酒，然后酒劲儿就上来了，我当时，该死的，已经烂碎如泥了，我就上楼并破坏了酒窖的门锁。然后我就只记得从草坪上醒来，还听到所有的邻居都在尖叫。

"你记得火是怎么起来的么？你跟法官怎么说的，再跟我说一遍，行吗？"我问道，希望听到更多的细节来帮助雪梨了解到底发生了什么。

"我想我当时只是在捣乱。我们从杂志上扯下人物的照片，想在人脸上烧个洞。该死的，不知道怎么回事，我床头的帘子就起火了，火苗特别旺。是的，我们当时都是这么想的。我们都喝得很醉，但当时有人叫喊'该死，快，我们得做点什么。'但就在那时，整个天花板都烧起来了。我不太确定后来发生了什么，真的，我猜我就是跑出去了吧。"他说这些的时候直直看着他妈妈，口气有些嘲讽。

即便面对嘲弄的口吻，但雪梨表现得很好，很冷静，眼睛里泛着泪光；雷则安静地坐着，偶尔抬头看看他儿子，随即又低下。

最后我们必须一起来工作，因为维系他们的是一个家庭。这时肖恩意识到，到处游荡并不能发现他要寻找的东西，从他的朋友那里也不行，他也不愿意在监狱里待着。他坚持说自己不是少年犯，只不过是一个愤怒的孩子，那么多年来，父母让他做了很多他不愿意做的事情，他积压了很多怨恨。

几周后，我单独见肖恩。我知道他的父母刚探视过他。

"你现在怎么样？"我问道。

"还好。"

"我听说你父母来看过你。你和他们相处得怎么样?"

"好多了,真的。上周日我爸看着我眼睛说话。几个月来第一次。"

"你父母理解发生了什么了吗?"

"也许吧,我不知道。我试图告诉他们,在过去的很多年里,我经历的很多伤害和痛苦,都积在那里,我觉得太多了,我做了很多蠢事儿。我不认为我应该在这里。这不是一个犯罪,当然,我确实烧了房子,但我不应该在这里。这是不同的,我并不是个罪犯。"

听肖恩弱化自己的错误的时候,我的心情有些沉重。他需要愿意承担责任。"如果不进监狱,你可能永远也不会得到教训,也不会停止做那些疯狂的事情,你觉得呢?"我问道。

"也许吧。"他只说了这一句。

肖恩曾认为在朋友那里可以找到他所需要的东西。与朋友厮混的那些疯狂的下午似乎带给他所期待的冒险和认同。他想自由地过生活,不需要听从任何人的安排。朋友们很崇拜肖恩的大胆作风。事实上,和朋友们在一起的时候,肖恩可以有一个父母永远不会认同的身份"违法青少年"。

**风暴中的安全感**

当有人分担我们的无力感的时候,无助和绝望的感觉会稍稍减轻一点。这一点是戒酒互助协会和其他类似组织的理论基础。压力大的人往往更能为彼此提供强而有力的支持,压力稍小的人则未必能够。所以,当孩子觉得父母生活在自己世界之外的时候,互相寻求支持也很正常。

关于谁是孩子生活中最重要的人，确实存在着一些争论。四五十年前的心理学理论主张，在孩子寻求独立的过程中，成人只是背景而已。埃里克·埃里克森（Erik Erikson）和唐纳德·温尼科特（Donald Winnicott）使我们深信，监护人有着特殊的功能要完成，做得好的话，就给了孩子良好的亲子教育。[36]一个合格的父母应该能看得到孩子的情绪需求并给予照顾。当孩子需要安慰的时候，父母可以给予鼓励和支持。父母也应该为孩子提供一个能够满足其衣食住行基本生存需求的安全环境。如果这些条件都满足的话，那么父母就能够培养出一个身心健康，同时具备工作和爱的能力的孩子。

我认为，父母的职责比实现这些基本功能更多。不然，为什么不管是儿童还是青少年都铆足了劲要引起父母的关注呢？

> 失去父母，或者不能接触到父母双方，局限了孩子从家庭结构内部选取强有力的身份形式。解决办法可以将视野扩展到非直系家庭。在儿童社区的其他成年人也可以替代父母给予身份选择以及对孩子期望别人关注的特别表演给予赞许性的关注。

有趣的是，在20世纪70年代中期，女权主义理论家简·巴克·米勒（Jean Baker Miller）[37]和卡罗尔·杰利根（Carol Gillgan）[38]发展了家庭关系理论。在父母与孩子的关系方面，两个人有截然不同的观点，并且解释了为什么孩子需要父母的关注并在他们冒险的时候接受他们。米勒和杰利根,以及持类似观点的其他人,用案例向人们展示了女孩们是怎样努力与身边的人建立的关系。米勒和杰利根发现,随着时间发展,女生的社交圈子越大,越复杂,就有更多的个人可能影响她们的生活。换句话说,她们并没有疏远父母而是增多了她们爱的人。如果父母觉得自己在青春期的女儿心中不再重要,那是因为父母从孩子们的受局限的小世界的最重要的人,变成了青少年更大世界中有影响的人物之一。10年之后,塞缪尔·澳荷森(Samuel Osherson)[39]在此理论基础上发现,男孩和女孩一样有着渴求联结的需求。与肖恩及其家人在一起,你会发现家庭成员之间那种深厚的感情,尽管肖恩有时行为不当,看起来要将雷和雪梨推开,选择他的朋友们。

### 爱和联结的 U 形管理论

来到我诊所的大部分父母,像波琳,都坚持孩子的爱是一个封了口的 U 形管(见图 8.1),管子里有一部分水,U 形管的两端是孩子对父母的依恋以及孩子对其他朋友的依恋。在这些父母眼中,孩子的爱是守恒的,孩子分给朋友的爱越多,父母得到的爱就越少。对波琳来说,当玛丽选择和朋友在一起时,玛丽和她的情感联结在减少。波琳怎么能够影响女儿,如果女儿看似注意不到自己。在一个 U 形管中,水量固定,一边多则意味着另一边就少。肖恩的父母也有类似的想法。

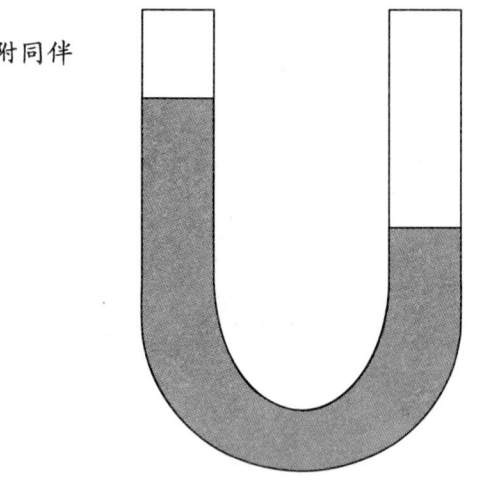

图 8.1　爱和联结的 U 型管理论

父母们告诉我："我儿子再也不跟我说心事了,他只想和朋友在一起","女儿无视我们的存在,她以前很乖的"。

**爱的空杯理论**

这些悲叹听起来耳熟吗?

与我们想象的不同,孩子的经历并不是这样。下图高的玻璃杯能够准确、直观地表示人类的爱的能力(见图8.2)。起初,孩子的爱的能力明显比成人少,随着孩子成长,他会一点一滴地把杯子填满,学会爱父母,进而学会爱周边的朋友。我们爱他人的机会越多,杯子就会越满。杯子越满,我们就越能维持与生命中的人们的关系,他们使得我们确信自己是值得爱和尊敬的。像我们需要水一样,我们也需要爱,但是爱是我们要学习的技巧。

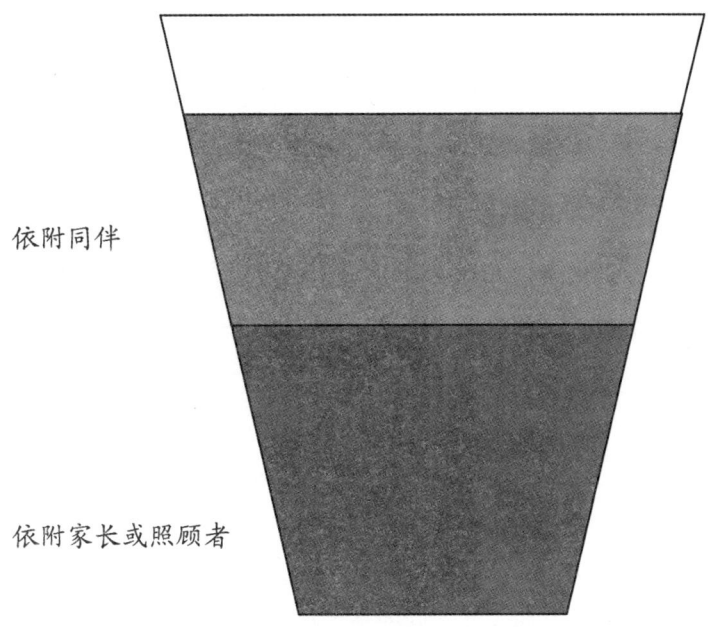

图 8.2 爱的空杯理论

依附同伴

依附家长或照顾者

我们错误地认为,孩子每天对我们的注意力减少是因为他们跟同龄人的联系更加紧密、建立了更深的依恋关系。但是一种依恋的发展并不一定是以另一种依恋的疏远为代价的。每一种关系,不管是友情还是亲情,都会向杯子中加更多的水。

**分居？离婚？父母去世？**

但是,如果因为父母的分居或离婚,应该给孩子的爱折半了呢？或者,干脆因为父母任意一方不在了而彻底失去了他的爱呢？更要命的,如果这个孩子因为目睹了父母困顿婚姻中的长期争吵而拒绝接受任何的爱呢？那孩子可以在哪里寻求到接纳，彰显自己的与众不同呢？

来自单亲家庭的孩子更容易使自己陷入麻烦，不管在心理诊所还是监狱，单亲成为解释孩子心理问题或违法的原因。[40]人们很容易把孩子的问题归因为父母的缺失，聚焦在没有什么，而没有关注有什么。这不公平，无论是对于单亲父母还是孩子。我们常常忘记，除了父母，孩子生命中还有很多其他人，每个人都给孩子提供了定义自己的独特方式。

U型管理论倾向把分居和离婚看作孩子的世界在缩小。我宁愿更加乐观。孩子的行为告诉我，他们在面对各种各样的冒险和责任的过程中，获取很多其他人的关心和爱，渐渐地把杯子里的水加满。用那句"需要整个村庄的努力，才能让孩子成长"的谚语来形容单亲家庭再贴切不过了。与那些所有强调单亲家庭的负面新闻不同的是，比起核心家庭，分居、离婚或丧失一位父母的家庭，在教育孩子方面往往具备更大的空间来接纳来自家庭以外的人的帮助。我从孩子们那里得知，单亲父母可以做很多事情确保孩子顺利成才。

1. 提醒孩子，尽管分居、离婚或者父母一方死亡，他们还是原来的自己。有时候当外部环境变了的时候，孩子会认为留在身边的父亲或者母亲也变了。

2. 扩展你的社交圈。帮助孩子认识可以替代父母的人，这些人可以给孩子们反馈"你很棒"。

3. 鼓励孩子和同龄人一起玩儿。孩子需要可以帮助他们度过家庭危机的朋友。

4. 如果生活水平随之下降了，这经常发生，请保留一个孩子最在意的物品（或活动）。如果你负担不起，寻找策略来获取，或者找个相似的替代品（或活动），让孩子参与到计划中来。

5. 孩子可能理想化那位离开的父母，请尊重孩子的决定。要记住的是，孩子寻找的是认同，另一方说的话只剩下了回音，不再那么有力量，也只能在孩子的脑海里听见。

6. 让孩子看到单亲父母的脆弱面。如果我们希望孩子能够自由地表达自己的感受，我们要告诉他们，我们怎么表达自己。

每个情形都不同，以上这个清单还可以加上无数条。这些建议的背后都要让我们认识到孩子的力量。当理解孩子会寻找类似父母的人给予他们接纳，我们就容易理解为什么一些孩子在失去父母之后冒更多的风险，寻求承担自己还不能应对的责任，这些行为只是他们用来吸引他人注意的策略。我们要记住的是，不管他们的行为有多离谱，在他们心中，我们依旧很重要。

### 尝试不同的做法

回想你长大的过程。当你的社交圈慢慢变大，你开始认识很多人并与之建立联系，你觉得你对父母的爱减少了吗？或者说你对他们的爱变了吗？当你和一个男孩儿或女孩儿热恋的时候，是否意味着你爱父母少了？或者只是你和父母相处的时间减少了？回想你的童年，谁教会你爱他人？你的爸爸妈妈？还是你的婶婶，你的祖父母？什么地方，你做了什么让别人感觉到被爱？大多数人都会说他们的家人教会他们知道怎么去爱，但是他们是在与家人以外的人的互动中体会到最美好的爱的经历。

　　现在想想你自己的孩子。即便他不再经常和你在一起，问问你自己，你对他的爱因为他的年龄而变了吗？

　　当然，如果你想确认你的孩子还是很爱你的，尽管开口，不要觉得难为情。邀请你的孩子和你共同度过一些美好的时光。

- 带孩子去看电影。这样他就不用说太多话，就你和儿子，没有其他朋友。看完电影后，两个人可以就电影内容聊聊天。记住，只讨论电影本身，不要挑起激烈的争论，不要说教，不要刺探孩子的其他的事情。
- 带孩子去购物。很少有孩子不喜欢逛街，你们可以享受这段欢乐的购物时光。
- 主动载你的孩子和他的朋友去他们的目的地。这样，他会觉得自己是被爱的，而你也有机会进一步了解儿子和他的朋友们。你参与孩子的生活越多，你就不会觉得自己被抛弃了。

# 第九章 小恩小惠

当我要求克里斯塔邀请她的朋友来我办公室参加我们的第三次会谈时,她笑了起来。克里斯塔当时18岁,是一个极其害羞的女孩,这正是我和她要联手解决的问题。最终,克里斯塔带了几个好朋友来到我的办公室,我发觉她的这几个朋友要比我更善于与克里斯塔交往,这一点,她也勉强认同。第二次,克里斯塔的两个亲密朋友来了,在沙发上分坐她的两侧,好像是在守护她。

克里斯塔是那种比同龄人生理发育更超前的女孩。14岁时,她的身高已经超过6英尺了,而且生理特征引人注意,尤其是男生的关注,但是她还应付不了这些关注。克里斯塔平日里就害羞、怪异、对外界充满不信任,尤其对男生。她很努力才指出一件自己喜欢或者觉得自己可以做得很好的事情,更不用说是三件。我软硬兼施,让她多想想自己的优点,但是她列出来的优点仍然少得可怜。

克里斯塔之所以急切寻求帮助是因为她染上了酗酒的恶习。醉酒之后,只要有男生稍稍示好,克里斯塔就会跟他们回家。最近一次,克里斯塔和一个男人发生了性关系(她已经记不清这个男人了),更重要的是,她甚至都不记得他们有没有采取保护措施。克里斯塔说,这样危险的酗酒行为和乱性能够帮助她解决在大多数社交生活中难以置信的尴尬感觉，特别是在与同龄男性的交往中。身材过高使她自卑，认为自己不好看，虽然她是个学信息技术的大学生，但是她并不知道自己的专业道路在哪里，也不知道能否完成自己的学业。

她的家庭并不能帮她多少。对于她及其两个弟弟而言，要得到来自父母积极、正向的关注是一场持久战。

"去年，我爸爸再婚了，我已经多年没见过亲生母亲了。我的继母并非善类，她阻止父亲关心我们。确实，他现在变得非常小气。以前，爸爸对我们有求必应，现在我们一有需求，他就成了穷光蛋。我不能跟继母正常相处。"克里斯塔说。

"你爸爸怎么看待你？了解你吗？知道你的人生规划吗？"我试图把对话的焦点从我无力解决的事情上拉回来。

"你知道吗？以前他是一个好爸爸，他会支持我。"她停住了，泪水湿润了眼睛，面颊也变红了，"但他再也不会了。"她的声音改变了，透露出内心的绝望。

"如果你想不出自己的长处，你能不能说说你以前擅长的事情，也就是你爸爸曾经认可你的事情？"

她从桌上抓了一张纸巾擦了擦眼泪，拼命地点头："很多啊，我以前成绩很好，爸爸总是去开家长会。你知道，就是很正常的事情。以前我打篮球，也有自己的朋友。就是很普通的事情，就这些。"

"现在再也不那样了吗？"

"除了朋友还在我身边，其他都变了。"她用眼睛扫视了坐在她两边的朋友，然后再次低下头。

"什么改变了？好像你以前能做很多事情。"我问道。

"我不知道，我……我想我现在太害羞了。我只有在酒吧喝酒的时候才不会觉得害羞，喝了酒之后我就可以接近男生，那才是真的改变，我非常开心。"

克里斯塔认为自己已经失去任何合理的方式来控制他人对自己的看法，特别是自己在乎的家人。她全然放弃了曾经使自己优秀的事物，在酒色中放纵自己。这是一种微弱的尝试来使自己变得特别，获得别人的注意。这就要看她的朋友怎样帮助她了。我希望她的朋友能够给我更多关于克里斯塔的信息，这可能是克里斯塔本人并不了解的。

乔伊是一名主修艺术的大学生，克里斯塔第一个介绍的就是她。罗莎则是乔伊在呼叫中心的同事。我问她们，是否能说一下克里斯塔的特别之处。

"当然"，乔伊毫不犹豫就打开了话匣子，"她是一个正直、诚实的人。她从来不会为个人私利出卖他人或羞辱他人。另外，她真的能很好处理与继母之间的关系，我见过她的继母，那可不是省油的灯。"

"你呢，罗莎？你怎么评价克里斯塔？"我问道。

"差不多，克里斯塔在不喝酒的情况下从来不干出格的事。喝酒之后好像就另当别论了。"罗莎回答道。这时，克里斯塔就一直盯着自己的脚看。

"你们很担心她？"

"当然！"两人异口同声。

"在我看来，你的两位朋友对你有很高的评价"，我对克里斯塔说，"但是你去酒吧喝酒这件事让她们担心。如果你不再醉酒，清醒地去接近异性，你觉得怎么样？"

她很犹豫地说："我不确定自己是否能够做到。"

"她没试过。"罗莎接着回答。

乔伊看着我说，"我觉得您说得对。"然后又转向克里斯塔，"这就是你要做的。你用这种方式遇到的都是失败者，某些事情就发生了。"

我继续发问，说："克里斯塔喝醉酒后是什么样子？"

"她会很搞笑，"乔伊告诉我，"喝醉以后，她会露出和我们姐妹一起耍宝时的模样，开玩笑、调情、大笑、跳舞，所有事情。"

"她清醒的时候呢？"

"很木讷，很安静。"

"我也不想喝醉，"克里斯塔解释道，更多地看自己的脚，而不是她的朋友，"但这是唯一方式。现在我甚至在家也这样做。上次，我们全家聚会，我喝啤酒喝醉了，开始粗鲁地和爸爸讲话，他非常吃惊。"克里斯塔咯咯地笑。

"也许，你很喜欢醉酒以后的自己。"我说道，"听起来你对自己感觉更好，当你失控的时候能够更好地把控自己。"

我看到克里斯塔和她的两位朋友都很认真地思考着。当我看到她正在理解我刚才说的话时，我又说道："你不饮酒时也能保持感觉良好吗？你有没有想过同父亲聊天，让他知道你真正的样子，所有关于你特殊的事情，你是多么外向，并且自信？我打赌他已经错过你很多事了。只有酒吧的那些男孩子见过真实的你，很可惜啊。"

"克里斯塔可以先在酒吧试试这个方法。"罗莎附和道。

虽然，这个提议是在我意料之外的，但这就是乔伊和罗莎在这里的原因,她们就是来帮助克里斯塔找到一种契合她的生活方式的解决方法。经过讨论,乔伊和罗莎同意带克里斯塔出去一晚,并帮助她在不喝酒的前提下结识男生。她俩会为克里斯塔打点一切,但克里斯塔必须保持清醒。

这是一个不错的安排,但以失败告终。一个星期后,我与克里斯塔见面,她告诉我,她整晚缩在酒吧的角落里,几个男生打量的眼光让她很不适应。

我建议克里斯塔在家里练习做自己。经过上次酒吧的事后,她愿意尝试任何事情。我想,她的朋友出了个好主意,但是却选错了观众。

幸运的是,这一次,我的提议奏效了。在与我见面之后的那个周末,克里斯塔与家人一起吃晚饭。她做好思想准备,坚持自己的立场,礼貌而又坚定地表明了自己的观点。后来她告诉我,她的父亲并没有像她预期的那样离开。事实上,他很认真地听了克里斯塔的话,并且与她谈了许多。克里斯塔觉得父亲很高兴他们又可以交谈了。她说她觉得自己更自信了,更像一个日趋成熟的年轻人了。

虽然取得克里斯塔的信任并不是很难,但是我确实没有做什么。只是遵循两位朋友的建议,帮助克里斯塔找到了她所寻找的归属感、信任、尊重以及自信。

### 尝试不同的做法

回忆你的童年,你是对的而父母做错了的情况有多少?对于某些人来说,这个问题可能有点儿诡异。实事求是地讲,我们中的大部分人都记得我们比父母懂得多的那一刻。这并不意味着父母已经没什么可以给我们的了,他们只是不清楚我们真正需要什么,而且现在也是这样吗?花一点时间,回想一下你比父母更明智的时刻。那是怎样的情形?你是一个孩子,阅历有限,但你怎么能知道更多?现在你还要认真回想一下,那些你具备而你父母不具备的知识。然后你要扪心自问,如果当初父母意识到了你的想法,他们会不会让你尝试一下不同的生活方式?

我们都是根据我们的知识阅历来做决定的,一个40岁的人怎么能真正了解20岁人正在经历的事情?

因为我们不可能总了解孩子的需求,所以我们最好信任孩子,让他们愿意向我们倾诉,或者至少愿意尝试并说服我们,他们所做的事情对于他们的意义。当这样做的时候,我们更容易理解孩子。

● 陪他们一起外出。父母可以开车送孩子们去音乐会、滑雪甚至图书馆,开车过程是高效的交流时间。

● 不要在孩子的卧室安装电脑,把电脑安在家中安静的公共区域。如果你想成为孩子生活的一部分,就要确保你能看到并且听到他们正在做的事情。

● 不要背着孩子同伴侣或其他成年人谈论重要的事情。记住,父母是孩子最好的老师。如果我们向其展示如何与他人尊重地交流重要的事情(这些事情是可以分享的),他们更有可能愿意和我们讨论他们所面临的危险及其所寻求的责任。

● 孩子年龄越大,他们就越希望自己以独立个体的身份与你进行互动,聊聊生活中的起起伏伏,好日子和坏日子。一个被充分尊重、被相信和信任的孩子不需要去向朋友们倾诉成长的烦恼。

**在家中尝试**

父母可以仿照正式咨询的模式同孩子沟通交流，就像我给克里斯塔做咨询的过程一样，这并不难。在大部分旁观者看来，最神奇的部分在于倾听以及形成亲密关系。当我察觉到克里斯塔的醉酒行为藏有意义的时候，很显然，我就要对她说："也许你很喜欢你醉酒后的样子……这样你似乎会感觉好一点，在恍惚中找到了自我。"像任何好的咨询师一样，只要父母能够理解孩子的行为是为了寻求四条强有力的信息，那么每个父母对其子女的了解都能达到上述水平。危险不总是如父母所想是个问题。当我们停下来，真正去倾听年轻人的心声时，我们就会知道孩子真正需要什么，父母才有可能为他们做些什么，只有这样交流对于双方而言才是畅通的。愿意与孩子如此对话的父母可以尝试下面的方法：

1. 站在孩子的立场看问题。
2. 寻求孩子的意见，找到最合乎他们生活方式的解决方法。
3. 学会妥协，或者至少要收起自己的骄傲，要知道孩子有时候（或经常）可能是对的。
4. 当与孩子们的关系出现裂痕时，你可以寻求其他人的帮助。当关系需要修复的时候，朋友、祖父母、邻居和专业人员都是珍贵的资源。
5. 千万不要忘了，大多数情况下，孩子和父母一样，同样需要这段珍贵的关系。

如果你和孩子的关系已经陷入僵局，可以试试上面的方法，亡羊补牢，为时未晚。

**需要鉴别的选择**

克里斯塔的故事告诉我们一个事实：问题少年习惯向同辈群体索取帮助，但结果往往并不理想。如果孩子所选择的行为看起来相当疯狂，这很可能是因为在孩子们看来，可供选择的行为非常少。这些在监管者看来非常疯狂的行为可能正是孩子们为了生存而进行勇敢的尝试。孩子们倾向于通过这些出格的行为寻找自我，但这些疯狂的行为往往容易使得孩子们走向自我毁灭，这是最糟糕的情形。

这样的事就发生在了保罗和强森身上，这两个年轻人驾驶偷来的车超速行驶，警车在后面追击，最后年轻人的车冲出了道路，两人全部死亡。车上还有一名生还者，叫帕特丽夏。现在回想这件事，悲剧似乎是不可避免的。

这三名青年人都是我服务多年的案主，但悲剧发生的时候，我正在度假。一天晚上，我正在蒙特利尔拜访儿时的老友，妻子打来电话，语音迟疑，为我读出了当天报纸头条报道的这起事故，问我是否认识这些孩子？她认为我也许认识他们。在电话这头，我含泪的声音已经泄露了我发誓保密的事情。这是我获得更多信息的前几天，保罗和强森的死压在我的心头，未来几个月的工作更加紧急。第三个年轻人帕特丽夏在这场事故中死里逃生，但却被送进了监狱，这起事故留给她的是情感上的伤痕和被误以为是自怜的麻木。

这三个年轻人在自己和同伴中找到一个对其有意义的世界。他们夜以继日地建造刀枪不入的堡垒，来环绕着脆弱、无根的自己。那天晚上，他们驾驶着偷来的汽车以两倍限速的速度超速行驶，然后汽车撞上了隔离带并翻车，强森从碎玻璃中抛出，保罗遭到了碾压。只有帕特丽夏系上了安全带，捡回了一条命。

> 只有理解冒险行为如何带给他们认同感，我们才能为孩子们提供一种可选择的替代行为。

对于读到这条新闻的大多数人来说，这可能是三个年轻人是怎么成为问题少年的故事，但于我则不然。这三个年轻人竭尽全力地找寻自我，努力在这个社会中生存下去，最后创造了一个他们自认为有力量的身份——罪犯。同时，每一个法律工作者和社会服务工作者都知道，这几个问题青年相互支持、组成团体，并且很享受自己在这个小圈子中扮演的角色。

这些孩子所过的生活是可以想象的。这些年我听说的类似案例很多，年轻人周末聚在一起并从事危险的活动。大多数情况下，这些孩子会在傍晚时分三五成群地活动。保罗、强森和帕特丽夏的朋友们大多已辍学，所以周六的派对比单调乏味的夜晚还要无聊。然而，这三个孩子偷车的原因，也许是因为他们三个已经连续六个月没有闯祸了。他们在城里的一家小餐馆的停车场碰头了，他们像任何普通的孩子一样去买了一些零食。他们从父母那里拿钱，这时父母正在庆幸孩子们已经好久没有闯祸了。

但是,那晚真正的吸引是在外面。平日里,三个孩子经常在餐馆前的停车场闲逛,只要孩子们不打架斗殴,餐厅管理层就不闻不问。大街上、校园里是毒品交易的绝佳地点,后巷便于藏身。警车经过,或者警察盘问时,只要你能"镇定自若",就不会惹上麻烦。悲剧发生当晚,情况有些不一样了。一个孩子说自己认识的一个30岁的中年人愿意让他们到他的家里玩,条件是他们要带上女生。当时有8到10个孩子在街上游荡,年长一点的孩子去买酒,年龄小一点的则带上了攒了一周的毒品。

帕特丽夏说:"在我们的圈子里,有一个孩子贩卖毒品,所以我们经常有足够的酒和软性饮料。"这些孩子并不缺钱,所以他们经常分享。但那天晚上,他们只在那个中年男人的家中待了一会儿就想要离开了。"那是一个该死的怪人,我们不想在他那儿长待。"帕特丽夏继续说,"他暴打我的朋友们,有些男孩们就反击,然后我们就提前走了,我也不知道保罗对他做了什么。那时我已经离开,在外面了。"

后来,这一群孩子回到了停车场,一些大一点的孩子决定再出去找个地方玩。

事情发生到这里就有些扑朔迷离,帕特丽夏可能有意隐瞒了某些情节。尸检报告显示,保罗和强森都没有摄入过量的酒精和毒品,所以三个人是在清醒的状态下作案的。保罗提出建议,他们可以去远一些的地方玩。

"强森说他有朋友住在南本德,我们可以去那里借宿,他在那里长大。保罗则说,他想去更远的地方玩,我们可以沿着乡村公路继续前进，今晚到达。强森的兴致很高，但我们认为我们没办法到那里，后来保罗提出偷车的主意。"

也许是因为三个人有一段时间没进过看守所了，他们似乎并不在意在里面多待一阵子。我还记得，保罗曾告诉我，他并不介意入狱，因为监狱伙食不错，他还可以和朋友们运动健身，在里面虽然不能喝酒，但他总有机会遇见老朋友。虽然这三个孩子还在保释期间，设法绕过感化的其他条件，但是他们已经对监狱外面的生活厌倦了。确实，当他们有这样的感觉时，再次犯事入狱就在情理之中了，他们已经没有后顾之忧了。

他们在附近物色汽车，通过车窗查看汽车内室、检查车门。与大部分孩子一样，他们对汽车的样式并不感兴趣，目标是那些没有上锁的车。最后他们盯上了一辆蓝色的本田，这辆车的门没有关，钥匙还插着没有熄火，后座上还放了一件外套。司机可能就是去买披萨。他们马上跳上车，把车开走了。在把车开出了城后，他们就把这辆车烧了。第二天，三个人若无其事地搭车回家。但这次，他们只得到了外套衣兜里的8美元并耗费了半箱汽油。之后，他们决定实现之前制定的出行计划。在出城的时候，他们似乎没有遇到警察。

保罗喜欢开车，虽然很多负责监护他的青少年工作者都提出要帮助他准备考驾照，但都被他拒绝了。保罗虽然识字，但这些年他在学校的表现非常糟糕，以至于每次考试都是一塌糊涂。三个孩子打算轮流开车，他们三个都很享受疾驰的过程。就在这时，迎面开来了一辆警车。

警察是否知道保罗是无照驾驶，这一点不得而知，但三个孩子驾驶的蓝色本田车超速行驶触发了报警器。这时，警车掉转了方向，亮起了警灯，追赶他们。

我听说过几次这样的飞车追逐的事件，所以我知道孩子们喜欢这种刺激，对于保罗来说更是如此。他经常在监狱中讲述自己的一些经历。竞速、试胆这样的事情往往能够吸引别人的注意。一遍又一遍地讲述这样的事情不仅可以打发时间，而且这些经历还可以让别人知道自己是一个冒险家。我对帕特丽夏的说法深信不疑，她说，保罗对于超速驾驶超乎寻常的热爱，这让他看起来像一个不安于世俗规矩的人。在这样的情境下，他可能会这么想：“我就是一个小浑蛋，我要超过警察。”这是每一个经常看电影的年轻人的梦想，也是电影里的经典桥段。但这样的真实经历要比电影主题公园刺激得多。

"我知道这样做有可能会被捕，警察就在我们后面，要我们减速停车，鬼才听呢！但警察确实就在我们后面。我知道保罗就要把车开出路面了，但那时保罗已经完全失控了。"帕特丽夏说道。

我认为被警车追逐，确实是这三个孩子想要的场景。他们很享受肾上腺素上升的快感。他们确信，只要所做的事情足够危险，就能够得到如电视剧主人公般的注意。这三个年轻人并不知道，那天晚上，我们中的大部分人都曾经试图帮助他们，他们的"罪犯"标签只不过是伪造。在我们心中，他们不是十恶不赦的罪犯，只是需要我们帮助的愤怒的、困惑的孩子而已。

车祸发生前的几秒钟，帕特丽夏告诉我，她曾经大声地对同伴说，"快系上安全带，我们要翻车了。"她自己系上了安全带，这个小小的举动救了她一命。司机保罗当场死亡，强森则没那么"幸运"。他被送往重症监护室抢救了好几天，但因为之前滥用毒品而无法承受药物治疗，所以父母和监护人只能眼睁睁地看着他走向死亡。

也许事故发生前的几分钟，保罗和强森已经找到了自己想要的感觉。也许在那一刻，他们有站在世界之巅的感觉。那一刻，他们已经成为了想要成为的人，生活在他们想要告知别人有关自己的故事中，以一种确保他们声名狼藉的方式活着。他们是无敌的、无法接近的。在他们享受刺激的过程中，弯道成为这次竞速不可或缺的一部分。只有帕特丽夏及时从梦中醒来，系上了安全带。车轮旋转的声音可能使保罗和强森的肾上腺素加速上升。

我怀疑，当汽车翻车的瞬间，他们是否在担心一些人和一些事，退一步讲，他们将如何落地。至少我确定，在事故发生前，保罗一定会这样想："这太美妙了！"对所有其他幸存下来的孩子而言（他们事后会被强制治疗或者关押），在很多情况下，这就是他们的感受。他们从不后悔自己的行为，相反，这会成为他们炫耀的资本。如果他们说话的方式不是如此的虚张声势，我也许会更相信他们的话。很显然，这些孩子缺乏关爱，也一直在隐藏着伤痛。

> 对孩子们而言，他们选择的朋辈群体不会增加他们的问题，反而是问题的部分解决方式。

作为家长和监护人，我们往往误解了他们与朋辈群体相处的正面的时刻。我们已经失去了帮助年轻人通过与朋辈的相处塑造自我的机会，这种相处可以保护孩子不受或少受来自个人、家庭和社会等强势力量的欺压。那么，难道我们的孩子非得出车祸、入狱、吸毒、发生性行为才算是获得了自我认知吗？当然不是。朋辈群体在青少年健康支持过程中扮演了重要角色，这一点与家庭、社区以及专业帮扶者的作用是一样的，即使是问题少年的圈子也有这样的功效。

这起悲剧的波及范围很广，很多家长都庆幸那天晚上出车祸的不是自家的孩子。其他松了一口气的父母拉起了标语，写下了自己的心声，他们表示要照顾好自己的孩子，或许此刻，他们的孩子只是幸免于难。

社区和社会服务组织为保罗和强森举办了追悼会，含蓄地表达了"他们做错了"。如果这两个孩子有健全的家庭，参与更优质的"改变"项目、接受更适宜的咨询，他们就不会和其他人出去闲逛，悲剧可能就会得到预防，这也可以让我们好过一些。但这只给予我们的集体良心以安慰，却并没有预防悲剧发生。事情的关键在于，我们要知道这些孩子是怎样看待他们的生活。如果我们能够站在孩子的立场上看问题，那么那一晚许多事情会向"正确的"方向发展。

> 一个有利于青年人成长的社区，应该给青年人提供机会增加阅历，并给他们展示自我的空间。对于青少年展示自我的方式，社区也应该包容和尊重。

## 社区

像保罗和强森一样,我们社区中的很多年轻人使用错误的方法寻找适量的风险。作为关怀型家长的社区,我们希望孩子们远离问题少年,但是我们往往不了解,是什么让孩子们聚在了一起,又是什么让他们甘愿冒险伤害自己或他人。我们忽略了一个问题,孩子们从朋辈群体那里得到了最强大的力量。

父母的措施使得我们忽略了社会给青少年带来的更实质的问题。当我们筹建娱乐设施、规划学校,建造车水马龙的社区时,我们在多大程度上考虑到了孩子们的需要?马克·则格尔曼(Mark Zimmerman)[41]及其同事曾做过这样一个有趣的观察:社会参与度(通过社会行动群体、宗教群体或志愿者活动来达到社会参与的目的)越高的青少年,应对生活挑战的能力越高。年轻人越多参与社区的社会、政治生活,他们就越少通过叛逆和怪异的手段获得他们需要的东西。

早先,我在与巴勒斯坦青年交谈的时候,他们给我上了令人寒心的一课。当和这些年轻人聊他们对未来的计划(对于世界上不同国家和地区孩子而言,这一问题的答案五花八门),之后我又向他们的领袖询问了他们每天都要面对的暴力。我特别想知道的是,孩子们是怎样从难民营中招募出来,并且成为人体炸弹的。正如预期的那样,这是一场艰难的对话。还有一件事令我印象深刻,当时一个成年人告诉我,当有士兵进入难民营时,孩子们有时会向这些士兵扔石头,以此来表示他们也是政治活动的参与者。这就是这些孩子参与争取人民独立的社会的唯一途径。

> 对于青少年群体，提供替代行为比压制有力的认知更有效。

他还告诉我："我们并不担心那些用石头当武器的孩子，他们觉得自己也是政治活动的参与者，他们可以在难民营中为当前时局做一些事。我担心那些不愿意抗争的孩子，他们正是被恐怖组织征召的对象，觉得无处表达自己。"

有意思的是，我见过的以色列青年也说过同样的话。他们中的大部分人都不想打仗，他们只想要保卫自己的领土，但是不以使用暴力为代价。有人称他们为侵略者，这让他们非常不舒服。不幸的是，他们的力量太小了，根本不能触及社会中核心的东西。

虽然外面的世界距离我生活的街区非常遥远，但是我经常回想起曾经在国外遇到的孩子们。他们和我们这里的孩子一样，觉得自己对于未来的选择少得可怜，很少有人听他们说话。我生活所在地的孩子同样努力寻求发出声音。

当可供的选择稀少时，孩子们往往倾向于问题行为。问题行为可以为他们赢得关注，可以预见，这些关注会加剧他们的问题行为。而这些关注者也为孩子们的冒险实践提供了平台。

**危险的才能**

折磨许多年轻人的问题在于，我们没有给他们充分说话的机会，让他们说出自己的优势在哪，劣势在哪。但当他们所擅长的东西不是我们所在意的,他们向我们展示他们所擅长的东西又有什么用呢?我们告诉孩子,你只要在学校表现好就可以了,会滑滑板,这没什么可骄傲的。这时,孩子们会反问:"但是托尼·海克(Tony Hawke)呢,他可是世界上最有名的滑板运动员呀?"我们对孩子说,参加团队运动很不错,但是我们并没有对打架中强壮的孩子有过多的赞赏。这时,孩子们会说:"在打架中与我们发生争执的那个孩子和曲棍球比赛中柏度西(Todd Bertuzzi)袭击的那个对手史蒂芬·摩尔(Steve Moore)真的有不同吗?"当然,我不想让孩子变成无所顾忌的小混混(或者曲棍球恶棍)。但是,如果我们不知道孩子是有天赋的,我们就会忽略孩子在处理棘手问题时所表现出来的惊人能力。进一步说,如果我们看不到孩子们的天赋,那么我们该怎么回应孩子们的负有社会责任的自我表现方式。

很显然,我们要重申,为了让我们的孩子感受到自我的力量:

1. 孩子们需要做让自己与众不同的事情。

2. 孩子们需要向别人展现自己已经做的事情,并且意识到自己是与众不同的。

3. 他们需要得到他人对自己与众不同行为的回应。

> 每个最危险的孩子都是有天赋的。作为父母,我们的责任就是为孩子们提供可接受的表达自我的方式,这一方式要和孩子们有害的问题行为一样有力。

### 尝试不同的做法

小时候，谁最关心你？想一下你的职业选择，谁曾经是你职业生涯的楷模？谁启发过你，他又是怎样进入你的生活？我们中的一些人是幸运的。他们成为了楷模之后就会容易被接受。即便如此，我们中的许多人还在寻找的过程中。

在白纸上画一条生命线，从左至右标出你从小到大的重要事件，并且区分出好坏。从出生开始一直到现在。好的事情标在线的上面，不好的事情则在下面。哪些事情是始料未及的？在这些对你产生影响的事件中，哪一件是在计划内的？哪一件是在计划外的？父母生病、突然搬家、结识朋友或爱人、离家工作，这些都会对个人生活产生深远的影响。对于大多数人而言，意料之外的事情往往是寻找身份的新契机。

回想孩子的生活经历，她有什么选择？作为父母，你是否为她做任何事情来保证她有尽可能多的机会？你为孩子提供的合法途径越多，孩子就会越少选择危险的、越轨的、违法的和混乱的行为来找寻自我。

政府雇佣记录中，记载了400多种职业和2500项工作。如果一个人要列出可供孩子选择的生活方式，那么这个列表有多长呢？孩子们可以自由性爱、变成旅行家、家庭妇男、企业家、屋主、房东、违法者、罪犯、嬉皮士、消费者、志愿者、家庭主妇、老姑娘、神职人员、无业游民、资本家、社会活动家、夜猫子或者只是一个平凡人，什么都有可能。

你可以帮助孩子们做出明智的选择，通过为他们提供体验世界的机会，让他们遇到相似或不同的人：

- 邀请孩子参加有许多成人的聚会。邀请他们参加家庭聚会、葬礼、婚礼和公司聚餐，孩子们在这些场合中能见识更多不同于父母的人，体会不同的社会角色。

● 鼓励孩子效仿他们心中的成功人士。至少邀请孩子到你的公司参观一天，这样他们就不会对工作闭目塞听。

● 给予孩子挑战的机会。如果孩子需要关于电脑游戏的最新资讯，请他们自己询问商店工作人员或者拨打技术帮助热线。帮助孩子发展生活的必要技能，冒险精神也会让他们得到想要的东西。

● 倾听孩子对高中及以后的学习愿望。记住，人的一生中会经历不同的事情，会有不同的风险。如今每个人都活到老，学到老。大部分人在退休前会经历7种或以上的职业，何必这么心急呢？让孩子多经受一下社会的历练，少上一节数学课又有何妨呢？总有下一年可以弥补"错误"。年轻人学习了他所想学的东西，将来也不会后悔晚一年回到学校，同样他也不会责备父母强迫他成为不想成为的社会角色。

许多孩子都会做让他们有成就感的事情，但是社会总在告诉他们，他们所做的事情通常会成为评价他们的标准，是有能力的人还是捣乱分子。

**爱上冲突**

孩子在寻找自我的过程中，他们会成长，会挑战父母，横冲直撞、坚持，最终必然适应复杂的社会环境。这正是我们所希望的，这就是我们记得要做的事情，不是吗？

1904年，美国心理学家史丹利·豪尔（G. Stanley Hall）[42]

提出，一切关于青年人的设想都是真实的、正确的。他的学术影响力极广。一百年后，社会学家史蒂芬·昂特（Stephen Arnett）[43]认为，我们现在的年轻人，特别是美国的年轻人正是因此总通过和父母起冲突的方式体尝风险。

虽然我们认为青少年需要经历一些磨难才能成才，但事实是，当青少年有其他的选择时，这条路并不是必需的。

事实上，每个孩子都有一段成长的叛逆过程。与其妖魔化孩子（以及我们青春期的日子），不如把他们的行为看作是懵懂与对生活的执著。每个孩子只是在做自己需要做的事，以此来找寻自我，而社会很少为其创造有意义的让他们有所贡献的场地。当选择稀少，社会对年轻人的期望又很低时，他们会毅然决然地选择做一名令人讨厌的青少年。他们要看看，他们会不会得到注意。

> 当孩子表现出与众不同时，父母是孩子的观众。每当孩子遇到问题时，父母总是倾向于扮演导演的角色去解决问题，结果孩子往往很反感。所以，父母只要扮演好观众的角色，欣赏孩子的表演就是对孩子最大的支持了。

# 第十章 抉 择

我们需要更加努力去寻找孩子们问题行为的替代品,而不是继续去压制那些我们所不赞同的行为。我们需要为年轻人提供机会做更好的决定。如果我们开始看到那些经常性的隐性决定使得他们被区分为独立的个体,我们能够促使他们更有可能利用我们所提供的机会。这些决定是因人而异的,但它们是了解我们孩子如何寻求自己的方式应对成长中挑战的线索。

当我读案例记录,或与违法少年的父母谈话时,我都会好奇这个孩子过去和现在做过什么、不做什么。不止一次,我发现当我问他们这个问题的时候,父母和青少年难以置信地看着我,青少年甚至显示出一些拘束。是的,他们也许曾经酗酒、偷车、和朋友兜风、在车后座上发生没有保护措施的性行为、购买毒品,甚至把车开到郊外,目的就是把车给烧了。即使这些都是事实,有一点仍然很重要,那就是我们也不能认为这些年轻人每一个都是一样的。

有一个青少年叫艾萨克,他做过上述所有的事情。让我印象深刻的发现是,在关键时刻,他把自己和他人拉回来,防止事态变得更加糟糕。

"我只是不喜欢最后一部分——烧车。"他告诉我,"我们有自己的乐趣,就像我不在乎其他的东西,但它确实是辆不错的车,摧毁它似乎真的是件非常愚蠢的事。我们本想把车弃在离偷它的几个街区之外的地方。我们还能对这辆车做什么呢?为什么要毁掉它?其他人对于这样做并不是很满意,但那时候每一个人都非常累了,所以我们只是把车开回商场。我的一个兄弟,我不想指明是谁,他用石头砸了车的挡风玻璃,但仅此而已。"

> 如果我们想要帮孩子们冒险,且不将他们置于不能应对的危险中,我们需要提供帮助他们说出自己是特别的方法,预防他们急于做出超出自己年龄的决定。

也许这是在吹毛求疵,我欣赏艾萨克所说的和所做的是对他的朋友们的挑战,也是对自己是谁的确认。然而,他的父母,专注于讨论那一夜发生的其他事情。警方想讨论偷车一事,公共卫生护士则关心的是艾萨克的性行为。所有的人都想要讨论是什么地方出错了。假如这些是我们所问的全部,那么我们给予艾萨克的信息就是他被永远困住了,其他人只能这样看你,这是唯一的看待你的方式。我们永远也发现不了艾萨克好的地方和他的冒险方式。直到我问艾萨克的独特之处,他才告诉一个有道德底线的男孩的丰富故事。比起我说"你搞砸了",我的想法是为艾萨克提供一个更好关于自己的故事。他看上去很欣赏我的努力。他喜欢有人注意到他为自己做得对的决定。我的下一项任务就是帮助艾萨克找到更好的冒险方式。他在哪里能够找到那些刺激和同伴?

### 尝试不同的做法

如果你愿意，问问父母，你孩童时期的行为举止。你是否也爱惹事生非？你是不是完全遵从父母的意思？无论如何，问问自己，为什么做那样的选择？是出于对自己的父母尊重或者害怕？也许你很幸运，你从未叛逆，或者你总是与别人对你的期望妥协。尽管如此，父母抚养你的方式还是会对你如何抚养你的子女产生重要的影响。你为孩子提供寻求冒险和责任感的决定取决于你自己成长的经历。

现在想一想，如果再给你的父母一次机会，他们是否会选择另一种教养方式？换句话说，关于育儿，他们学到了什么是你所不具备的？我常常赞叹，很多祖父母的教养方式优于他们做父母的时候所采用的教育子女的方法。

在白纸上写下你希望父母没有擅自为你做的三个决定，三次他们拒绝你经历你所渴望的危险和责任感的机会，你确信会使你成为更快乐、健康的成年人。这样做并不是指责父母，没有父母是完美的。

现在，想想自己作为父亲或者母亲。从现在起的30年后，你自己的孩子会不会说你否定了她做某事的机会？写下来。

在保证孩子安全的前提下，帮助孩子们去做这件事。例如：

- 如果你的女儿想要在外面待到宵禁后，一定要让她做出安全保证计划。如果她能说服你，那么找到双方都满意的妥协方式。

- 如果你12岁的儿子想要购买限制级的最新电子游戏，你一定要亲自检查游戏的内容。如果游戏过于暴力，你不想让他玩，就拒绝他。你可以带他去玩彩弹游戏、冲浪、滑雪等极限运动或者同意购买另一种你认可的电子游戏。（有很多极限运动并没有单人射击游戏暴力）

● 如果你 14 岁的女儿已经性活跃，你最好带她去看公共健康护士或家庭医生。如果她已经大到足以面对风险的年纪，那么坚决要求她行为成熟，与医务人员讨论她所面对的风险以及所需要的保护。如果她羞于谈论这些，你不要尴尬。坚持与她讨论她的选择，让她知道你希望她为自己的行为负责，尽管你不认同她的决定。

● 如果你 16 岁的儿子坚持要沿途搭车走遍全国，你也许要为他购置一部手机和一张公共汽车票，作为一个后备选择。你也许坚持认为，他不应该沿途搭车，但是你能怎么样强化你的决定呢？最好的方式是即便不愿意接受也勉为其难，给他买张车票。至少，你知道他可以做一个选择，改变他的主意，坐上了公共汽车。

**当孩子们卡在困境**

艾萨克面临的最大风险是成年人如何看待他。他永远被定型为小恶棍。他是学校里的混世魔王，每次他希望得到关注的时候，就注定扮演戏剧中的特定角色。艾萨克是典型的重复犯错者，我们看他在监狱进进出出，似乎唯一的天赋就是制造麻烦。

或者他可能成为自杀倾向的青少年，不能应对生活中的压力，需要他人（朋友或者专家）的持续关怀。他也可能是我们应该担心的那种孩子，总是扮演好孩子，牺牲自己的需要以满足其他人的需要。这种卡在困境中的孩子的脆弱是看不见的，因为他满足于扮演自己的角色，对任何人都没有需求。

"卡在困境"可能意味着：

1. 学坏（playing at being bad）：向每个人展示处理问题的唯一方式就是激烈的反社会的行为。

2. 老好人（playing at being good）：按照别人的期望生活，隐藏我们的脆弱，总是为别人而活。

3. 示弱（playing at being ill）：告诉全世界我们如何受伤，用我们的弱小，真实的和想象的，来博得周遭人的关注。

4. 隐形（playing at being invisible）：隐藏自己的抑郁、缺乏联结、悲伤或者愤怒。我们一无所求，因为我们相信自己毫无价值，我们藏在羞耻之中。

选择这些策略的孩子往往愿意坚守它们，但重复很少能带来解决方案。他们希望通过冒险和寻求责任感行为来解决问题，但这只能使得问题更加严重，除非有些事情发生改变。

**对青春的恐惧**

道德底线？我们的疯狂的、不受控制的孩子如何有别于他们的同伴？微妙但重大的差异？当看到穿耳洞的、文身的、说大话的青少年，父母都可能会觉得有一点头疼。我的简单建议是，不要凭封皮就评价一本书。最好把我们的孩子视为一幅图片，一幅油画布上他们的关系图的肖像。抗逆力和自我表达的主题是孩子们作为独立个体努力的线索。我们忽视了他们自我表达的特别之处，因为我们是他们上演的文化的局外人。

社会学家史蒂芬·米尔斯（Steven Miles）谈到，我们的孩子是替罪羊一代[44]：这一代青少年的成长伴随着监护人强加给他们的恐惧。过于保护的父母将他们"包裹"起来，习惯于否认他们的自我表达，除非是看起来非常有必要的自我表达。那么对青春的恐惧（ephebipobia）到底从何而来？另一位研究青少年的社会学家伯纳德·西索（Bernard Schissel）走得更远，他认为我们因社会的疾病而责备青少年。[45]是他们使得我们的城市变得危险，使得我们的道德开始滑坡。但是青少年到底做了什么使得他们和我们所做的如此不同？答案令人困惑。事实，或许我应该说，孩子的事实，隐藏在错位的对历史的怀念，那时的孩子天真无邪而又温柔和善。事实上，孩子从未有什么不同，我们只是浪漫化了早些年代。

20世纪20年代，迪克西兰（Dixieland）[46]爵士乐盛行，到处都是舞会和"粗鲁"的查尔斯顿舞。女孩们穿上贴身的裙子，男生则喜欢戴软呢帽。这是一个禁酒和自卷烟盛行的年代。20世纪40年代，摇摆狂潮占据上风，摇摆舞和吉特巴舞，头发纹丝不乱，还有美国大兵哥。接下来就是50年代的摇滚乐的流行，猫王还有他那摆动的臀部。高中舞会、汽车户外电影院、游泳池的设立。60年代嬉皮士们推动变革，用民谣和迷幻摇滚乐来呐喊他们的信息，他们音乐的经验辅助着合法和非法的"改变心灵"的药品。在那个时候，我们知道性爱派对、摇滚音乐会还有狂欢节。接下来的70年代，我们看到各种事情，迪斯科和更强的毒品：海洛因和可卡因。接下来就是朋克和他们奇怪的耳环、鼻环、眉环、莫西干发型、打满铁钉的皮装。最近，嘻哈街舞的少年引领着先锋，有时是危险的街头着装示范。

如果我们了解过去一百年发生了什么，我们和我们的孩子们有很多的相同之处。

> 孩子通过小举动练习让自己在别人眼中变得独特和有力量。明智的父母应该留意到孩子的努力，鼓励他们不同于父母，与众不同。

**关于限制的讨论**

能够帮助青少年认识到自己的独特性和道德局限之处的谈话，参与的成人方必须要有健康和适量的好奇心。我们必须真心希望理解青少年的生活。成年人必须要有健康的好奇心，才能和青少年有特别的对话，帮助他们了解自己的道德局限并认识自己。我们必须坦白，我们渴望理解孩子的个人私生活。当好奇心不在那里时，孩子们自然会感到被操纵，仿佛他们被上了圈套说出正确的事情。

仅有好奇心是不够的，我们必须和孩子们一起庆贺他们的特长。在我的经验中，好奇心比庆贺更容易培养。作为父母，我们有自己关于对错的标准。我从未用我的道德限定来误导一个年轻人，什么是我能接受的合适的行为。这仅仅是好的示范。我也许会对一个孩子的世界产生好奇，但对于庆贺年轻人的道德的定义，我很犹豫，除非他的道德观和我的一致。当我不能，或不愿，与孩子庆祝她的信念，我通常会寻找她的行为的积极面,支撑我的乐观看法,世界变得越来越好。

事实上,这意味着我不赞同艾萨克的偷车行为,但我会盛赞他在偷车以后决定不摧毁汽车的行为。他的自我控制,更重要的是,阻止了他的同伴参与荒唐的肆意毁坏的行为,这提供了一丝希望,在艾萨克的内心深处,他还是一个尊重他人权利和财产的青少年。

著名的澳籍家庭治疗师麦克·怀特(Michael White)说助人者需要对"缺失却含蓄的"[47]信息抱有好奇心。在我们所讲述的问题少年的故事背后,孩子们常常执著地反抗那些让他们盲目服从的强势压迫力量。他们想要更多,他们也应该这样做。

### 从风险到冒险和责任感的隐性途径

发现孩子们确认自己是健康的冒险者和责任感寻求者的那些特殊时刻需要耐心。理解和欣赏孩子所拥有的神奇并不是一条容易的道路。

举个例子,阿萨法,体重265磅,身高6尺1寸,因为故意伤害和抢劫入狱,有多次殴打他人的前科。他曾用拳头猛击水泥墙,以此来恐吓工作人员和其他住户,然后带着轻蔑的笑容走开。他的手在流血,信息清晰而又明确:"别招惹我。"

阿萨法这样的男孩很难不惹麻烦,他不停在我工作的机构中陷入麻烦。一天,我遇见阿萨法又在威胁一个年轻男孩。因为那个孩子不肯让出电视机前的座位。我告诉阿萨法找另外的座位,停止威胁。

然而几个小时后,年轻男孩拒绝参与项目,说他很害怕阿萨法如果有机会会再次威胁他，会对自己做些什么。我把阿萨法拉到一边，要和他谈谈。我冷静地让他知道，我们已经听说了他再次威胁其他青少年。我叫他回自己的房间。同时，我的同事已经带领其他的孩子准备好进行下一项活动。我告诉阿萨法，我暂时没有时间去谈论他的行为，但几分钟后就会和他交谈。

阿萨法的房间离我们活动的公共区域只有8步远。他看着我和站得稍远一点的同事，脸上满是沮丧和愤怒。他拖着沉重的步伐向他的房间走去。我看着他离开，正准备转身，继续其他工作，这时我看到并感受到了他的张力。我没期望他重新考虑他的决定。然后，就像慢动作一样，他转过身看我，然后用拳头对着他面前的两英寸厚的木门猛击了三下。整个房间回荡着重击声。我正准备说什么的时候，阿萨法转过身，向我走了四步。我记得清清楚楚是四步，每一步都让我更恐慌。如果他选择伤害我，我完全没有防守能力。

房间的那一边，我的同事看在眼里。我能够看见他开始朝阿萨法的方向移动，但他站得太远了，以至于做不了什么。我紧紧盯住阿萨法，他暴怒地看着我。第四步时，阿萨法的拳头紧握。他停住了。怀着满腔愤怒，他站在那仅一秒钟，然后转身把随手可及的铁椅子拿起来，举过头顶，愤怒地把它摔在地上，椅子摔碎了，地板上的瓷砖也裂了。然后，阿萨法大步走回房间，砰一声摔上了门。

我努力使自己保持冷静，打电话求援，以防阿萨法再有什么行动，并将他的门锁起来。带着一点惊恐，我去员工休息厅，好好休息了一下。

第二天，我和阿萨法谈话。阿萨法被送往24小时监管更严格的牢房。其间，我能够有一些时间来思考，拥抱其他的孩子们，和同事谈谈发生的一切。最困扰我的问题是：什么使得阿萨法停了下来？

"为什么你摔椅子，而没有揍我呢？"我问他，"你肯定做过更糟糕的事情。什么让你克制住了呢？"

"不值得，我可不想在监狱里待更长时间了。而且我并不想真的伤害你，你从来没对我做过什么坏事。"

对于听到的话，我既感到吃惊，也很受鼓舞。我们能就这个事件谈更多的东西，但至少那时候，我赞扬了阿萨法不想伤害其他人的决定。他最终做出决定，去尝试不同的身份，经营一个较少暴力的生活。他用自己的方式承担了他青少年时期最大的风险。他的行为改变了。

**大声喊，再大点声音**

青少年坚持让我们关注他们的独特和与众不同。如果我们不关注，他们就被迫"大声叫喊"，直至我们听见。绿色的头发，布满铆钉的狗项圈似的项链，飙车，众多性伴侣，学习好或辍学，惊人的运动表现或者在单车或偷来的车上的愚蠢冒险行为。这些都是青少年个体的表现，依靠与其他人的关系来认可他们的存在。渴求认可的青少年，如果努力得不到关注，他们就会持续寻找直至被认可。青少年告诉我，他们一直在寻找，直至渴望被熟知的身份被那些他们认为重要的人反馈回来。如果这意味着，就像俗语说的那样，"在错的地方找爱"，就是这样。青少年的理由是，"通过违法犯罪被关注，也比不被关注好。"

但是，不是每个青少年做的与众不同的事情都值得提及。对我们来说，最困难的是要关注他们最在乎的事情。我们越了解年轻人最看重什么，我们越有可能注意到年轻人最希望我们关注的事情。转述家庭治疗师斯蒂芬·德·萨让（Steve de Shazar）的说法，这一切都关于如何找到那些使他们与众不同的方法。[48]

> 有一些不同更能影响孩子的生活。这取决于父母仔细关注孩子的天赋和决定，如果他们想帮助孩子视自己与众不同。

这些与众不同给孩子们"打了预防针"，应对顺从、控制和批评，尤其当他们的经历不被别人接受：无论他们是谁或者希望成为谁的时候。这种与众不同是在风险与责任中培育起来的。如果我们能够深入了解，看到与众不同并学会欣赏时，就能更确信孩子们是能够认清自己并且会付诸行动。

要关注这些与众不同之处，有一些地方要格外注意。并不是所有的孩子都像阿萨法一样复杂。并不是所有的孩子都需要专业帮助。要想发现孩子身上的不同并使其与众不同，就从最明显的天赋开始。我们的孩子什么做得好？如果你有条件培养孩子弹钢琴、拉小提琴、速滑或者打篮球的话，那么天赋比较明显。你也可以借助孩子生活中的其他成年人来发现孩子的天赋。他在学校表现如何？在兼职打工的地方表现如何？什么时候做志愿者？什么时候帮助邻居？这并不一定是一种正式的技能。或许你的孩子是公认的心地善良的人，愿意和长者聊天。或许你的孩子被别人认为是个很好的临时照顾孩子的人。

**说一些鼓励的话**

大部分孩子都有值得为人称道的优点，也有父母觉得很难发现孩子的优点。我们所认为的天赋与孩子们所认为的重要本领可能根本就不是一回事。毕竟，依赖冒险行为中所表现出来的天赋往往会被担心孩子安全的父母所忽视或扼杀。

> 如果我们用意好，真心好奇并从孩子的角度来理解他们的生活，大部分孩子都会给我们所需要的时间和关注来帮助我们理解他们的生存与发展。如果成人能够打开心扉去聆听，孩子们也会愿意向我们解释他们的生活。

当我们想到尚塔尔的经历时，这一点就变得更明晰了。尚塔尔确实与众不同。她总是告诉我她参加超自然仪式的故事，她的冒险以及她觉得自己选择宗教信仰要负的责任。

"你真的理解这些神秘经文的意思吗？"我问她，"你的朋友会嘲笑你当女巫吗？"虽然我尽量让自己保持好奇、不评价和真诚的状态，但当我听到喝血、刻疤、穿奇装异服等，我还是会有一点抗拒。我仍然试图让我说的话清晰而又积极，好像说："我很好奇。是的，我相信你的行为确实引人注目。"

"是的。我不想谈太多，因为会让一些人害怕，"尚塔尔告诉我，她显然很高兴能有我这样一个关注的听众，"我也不会对我的父母谈太多。"后来，尚塔尔继续说了一些她原先不准备告诉我的事情，比如，她属于一个撒旦崇拜主义群体，她阅读他们的"圣经"。不知怎么的，这个群体认为秘密开展活动会使得它们拥有更多的权力。

"我能理解你为什么不愿意与别人谈论太多。这会让别人离你而去。"我对她说，"这不是我所信仰的，但对你来说十分重要，是吗？"

"是的，这并不像我们杀人、杀猫或做其他丧尽天良的事情。我们的信仰比教堂里的扯淡好多了。"

"有什么区别呢？"我问道，咽了一下口水。

"首先，我们不强迫任何人做任何事情。我妈妈是一个摩门教徒，她和她的教友让我觉得恶心，他们一直试图转变我的信仰。我认为人们不应该强迫别人做事情，好像因为我们相信有些事是恶的，但并不一定如此。这很难解释。"

> 对孩子们的福祉的真正威胁不是他们蔑视一切的怪异行为，而是让他们盲目遵从。我倾向于肯定独立思考的孩子，而不是那些受大众市场的影响、对文化规范没有丝毫反抗的孩子。这些顺从的青少年们需要的是，打乱他们的世界，使得他们更能找到自我。

我不太容易接受这样的事情。即便如此，我也会耐心地听下去，如果这样能够帮助她与我以及她生命中的其他人建立较少敌对的关系。虽然这可能听起来我并没有挑战尚塔尔，但她的言语里还有一些攻击性。总之，她不可能听得进去我要说什么。她已经有太多被成年人贬低的经历。

尚塔尔言语简明、富有洞察力地告诉我："我妈妈不尊重我的宗教选择，还期望我尊重她。这实在是太疯狂了。"

### 让孩子们免受大众市场的影响

事实上，我并不很担心，尚塔尔这样的孩子，有勇气用极端方式证明自己与众不同，我更担心的是那些"大众思维"的追梦青少年。事实上，他们的自我表达通常是"买来的"。他们的形象来自流行杂志的封面或商场的橱窗的"拼贴"。他们从春秋时装限量版中挑选衣服，然后参照前人的搭配方式来混合、搭配自己的衣物。我最担心的是这些年轻人缺乏技能发展，也不愿意接受冒险或承担责任感。他们会花 69.99 美元买一条裂痕牛仔裤，褪色且有裂痕，既低劣又时髦。在很多方面，尚塔尔要比他们更懂得与世界协商寻找到自我。她确实是在建构自己。奇怪的是，人们更担心尚塔尔，而不是商场里那些努力融入的孩子们。

广告的目标针对我们的孩子。一些品牌的服饰总是会让孩子们觉得他们必须要买，或要说服父母帮他们买。我们被灌输，通过购买，能实现即时的地位。使我愤怒的是，没有经济能力的孩子们被排除在受欢迎程度的竞争之外。广为接受的时尚再一次成为富人的商品化。我知道一些没有钱的孩子们有优势去发现自己的独特之处，但是我们还是很难忽视，对青少年而言，发现他们的选择不是选择，而只是边缘化的象征，是件多么痛苦的事情。

那些买不起"全套装备"的孩子或者那些长得不像杂志封面的中产阶级的孩子,要怎么办呢?他们能做什么使得他们更有力量?违法?酗酒?斗殴?当传统的通向成功的道路被阻隔时,这些孩子是不是只有选择违法、越轨、反叛、失范(4D)的方式来聆听他们需要聆听的信息?

## 第十一章　回　家

> 罗密欧：
> 我没法告诉你我叫什么名字，
> 敬爱的神明，我痛恨我自己的名字，
> 因为它是你的仇敌，
> 要是把它写在纸上，
> 我一定把这几个字撕成粉碎。
> ——（莎士比亚，《罗密欧与朱丽叶》，第2幕，第2景）

可怜的朱丽叶。她选择去爱一个自己的家庭不能接受的男孩。反过来，罗密欧也别无选择，只能恨自己，虽然错不在他。莎士比亚创作《罗密欧与朱丽叶》距今已经有至少400年的历史了，而父母仍然犯同样的错误。

无论喜欢与否，我们不得不让我们的孩子将在家外制造的身份带回家来。如果希望孩子避免毁灭性的行为，我们不得不为他们提供一个安全的地方做自己，提供一个能够自豪地向我们展示寻求冒险和承担责任的地方。

这意味着要放下我们对于他们生活方式和选择的偏见。

这意味着要尊重我们的孩子正在做的事情。我想起了加勒特（H. B. Gellat）[49]提出的"积极的不确定性"理论。加勒特是一位职业和度假咨询师，建议我们接受混乱就是生活。当拥抱不确定性时，我们可以做得更好。当机会降临时，我们会持续保持开放的态度去改变未来。他告诉我们：

1. 聚焦你所需要的，灵活应变。
2. 留心、警惕你所知道的。
3. 乐观对待你所相信的。
4. 实际并创造性地做事。

> 当开放心态倾听孩子向我们解释他们的世界时，我们接触到很多生存和希望的故事。孩子们可能会做"坏"决定，但他们很少，或者从来不做不能让他们感觉到有能力和控制力的决定。

有时候，这些很难看清楚，尽管他们采用的方式很疯狂，生存最好的孩子是那些最懂得使用灵活的、乐观的和富有创造力的方法来应对问题的人。成年人经常发现很难接受他们的解决办法，但对于很多孩子而言，高风险的策略给他们，至少暂时的带来了应对问题的效果。当孩子们找不到其他的途径去做有能力、有爱心，为社区做出贡献（我们希望孩子们做到的4C）的人时，所有的危险、越轨、叛逆和失范行为（4D）就成了他们的选择。

如果希望能够帮助孩子们保证自身的安全，我们必须更好地欣赏：他们所做的常常是积极的不确定性的一种表达。他们的行为证明了他们致力于寻找办法，不论是什么办法，来体验冒险和责任感，为他们赢得作为成人的地位和掌控自己命运的权利。

### 尝试不同的做法

回想你的孩子曾经做过的最坏的事情。如果你的脑子里一片空白，或者你的孩子还太小以至于不会做什么伤害自己或者其他任何人的任何事情，想想你最大的恐惧是什么？你的孩子会做的最坏的事是什么？现在，假设你的孩子确实做了坏事，询问孩子从恶劣的行为中得到了什么？他令小伙伴们刮目相看？他感到自己属于一个有力量的群体？觉得自己长大了？他得到了自己想要的关注了吗？

下一步，他还可能做些什么其他的事情？请结合他的家庭背景、成长的社区环境和所具备的才能来考虑：有没有一个更好的选择？

最后一个问题，可能令我们很痛苦，以至于我们不愿意思考，你是否曾为孩子的问题行为提供过替代选择？如果你的答案是肯定的，那些替代行为能够为孩子提供问题行为所带来的一切吗？这些替代行为是否像四个他期望听到的信息那样有力量：归属感、信任感、责任感和效能感。如果对于这四个信息，你的答案是否定的。那么，作为父母，你所面对的问题是怎样去寻找另外一个替代行为。

如果我们希望让行为恶劣的孩子们知道还有很多被社会接纳的方法也能满足他们体验冒险和责任感的需要，我们不得不道歉、原谅，然后为他们提供一个替代行为：道歉是因为我们曾经否定孩子在家中表达的机会；原谅那些他们令我们尴尬、伤害到我们的问题行为；替代行为能够让他们从我们这里听到那四条强有力的信息。做到这些，需要一些眼泪，我们的还有他们的。

为了发现这些替代的方法，我们需要：

- 灵活应对：我们需要去容忍更多的噪声和更多的混乱。我们需要去接受我们的家不仅仅是成人的居所，正在成长的孩子们也同样享有这个地方。他们必须要有私人空间表达自己。他们必须拥有自己的钥匙。关于吃什么和什么时候吃饭，他们必须拥有选择权。

- 为自己感到自豪：我们的家也要为成人留出空间。当练习灵活应对时，我们也要求获得尊重。我们可以将每周特定的时间规定为家庭成员共度的时间。一起吃饭是最常见的做法（即使菜单是孩子们设计的）。我们可以坚持设定几点钟关灯睡觉，我们也要坚持家中不许出现那些我们觉得可恶的事情，如色情片、毒品或其他一些不符合我们价值观的东西。

- 乐观：我们需要向我们的孩子传达一个信息，就是我们相信他们，同时以乐观的态度让他们在家中冒更多的风险和承担更多的责任。我们要把家变成孩子们首先学会招待客人的地方。见许顶嘴（不带有羞辱或身体虐待），说出他们对于争议问题的想法，饮酒（毕竟这是合法的物品），庆祝他们特殊的才能，例如滑板、饶舌歌、玩游戏，这些通常不被社区中的其他成人所支持的活动。

- 充满创意：记得找些乐趣。我们的孩子是最好的陪伴者。邀请他们和我们一起玩耍，但是要从他们的角度来思考游戏。如果你喜欢跨国滑雪,而孩子们觉得很无趣的话,你可以变成速降滑雪,或每周换不同的活动。如果你周日在公园长走,何不先在当地的一家餐厅里享受早餐,然后让他们把自行车带上,这样他们可以四处转转,你们每半个小时碰个面。也许他们想要与自己的男友或女友一起共度所有的时光,没有时间留给你。一个简单的解决方案是向他们敞开你的家门,找到他们擅长什么。谁知道,也许你会发现一位乐于帮助解决家庭问题的机械师、一个画家或者一个电脑技师。你越是把儿子当作成人来看待,把女儿视为有责任心的年轻女士,他们越可能满足那些期待,无论是否在你的监督之下。

### 寻求有力量的身份

当孩子们发现奇怪的方式使得他们更加困惑于自己的身份认同,这给他们带来的只有贬低、不方便、悲伤和孤立。

在孩子们的寻找过程中,父母扮演着极为重要的角色。我们的家是他们实现成功所必须掌握技巧的最佳场所。这些年来,我看到了很多在这一点上富有创造性的表达,但我最喜欢的故事来自于一个16岁名叫罗伯特的男孩和他的继父马丁。从某种程度上讲,尽管我从未推荐他们运用这个调解父母和孩子之间的冲突的方法,但是鉴于这两个人的特殊性,这一方法似乎能够令人惊异地解决一些令人伤心的家庭动力问题。尽管用一种令人不安甚至不太合法的方式,它也给罗伯特带来了他所渴求的风险和责任。

我一直指导罗伯特和马丁共度一些时间,看看他们是否能够建立关系。很多年来，他们一直吵架，罗伯特的母亲丹尼斯恳求两个人寻找到和平相处的方法。

马丁的方法是把 16 岁继子罗伯特带去酒吧——他觉得这是一个可以和继子进行"男人对男人"谈话的地方。在那里喝了一下午的啤酒，马丁改变了对继子的看法。之前，马丁告诉我，罗伯特"只是一个不值得被尊重的孩子"，在那次畅饮之后，马丁愿意承认罗伯特"有点混乱，但总体上还可以"。

我曾天真地认为，他们是一起钓鱼、打球或喝咖啡。

如果马丁对于罗伯特看法的改变是意料之外的惊喜，那么罗伯特对继父看法的改变就仅仅是出于好奇。

在丹尼斯打电话并告诉我发生了什么之后，我问罗伯特"当你们俩出去喝醉酒的时候，什么起了变化？"丹尼斯认为，马丁的努力一点用处都没有。

"我想，在喝酒的时候，我们能够彼此联系在一起了。我想我们相处变得更融洽了。"罗伯特告诉我，"我们能更好地交流，基本上能聊任何事情。平时，如果我说什么事，他总是泼我冷水，这点变了，而且我也不再像通常那样泼他冷水了。"

什么改变了父子关系？这个问题困扰着我。这不仅是罗伯特从继父那里得到了几杯免费的啤酒而已。某些东西使得他们对于彼此的态度发生了变化。罗伯特说，他认为马丁终于承认了他已经是个年轻的男人，而不是一个需要别人告诉他做什么的男孩。在他们的世界中，去酒吧象征着罗伯特的成年礼。在一些文化中，这种成人仪式或许有更多的精神基础。但在罗伯特和马丁的世界中，同"老爸"一起喝酒是纪念男孩转变为成人的方式之一。

> 我从来没低估孩子和家庭寻找创造性方式解决问题的能力。

这对每一个人来说都是一个好的改变,当罗伯特觉得他在亲人的眼中变得更成熟。他是一个安静、郁郁寡欢的男孩,每天都穿着一件长长的宽大的裤子和松垮的夹克。我与罗伯特及其家庭一起工作断断续续超过一年,那时候很清晰的是,如果罗伯特的行为没有巨大的改变,他似乎很快就会进监狱、戒毒中心或者寄养家庭。在我们开始会面之前,丹尼斯非常挫败,坚持要求马丁搬出去。这使得罗伯特很高兴,行为也确实有所改善。可罗伯特仍然在邻居家过夜,他说他觉得只有马丁彻底离开家,他才更愿意待在家里。虽然已经被学校开除好几个月了,罗伯特甚至开始考虑回到学校上课了。

但丹尼斯和马丁的分居只是暂时的,马丁很快又开始在家中过夜,家里紧张的气氛很快升级到之前的水平。于是,这个家庭开始寻求咨询,期望有其他的方法能够帮助罗伯特和马丁融洽相处。

马丁出于好意,但是他对继子有不切实际的期望。马丁坚信罗伯特能够成为一名明星冰球运动员,他敦促罗伯特参与练习并变得有责任感。这给罗伯特带来很大的压力,因为他的体格较小且不喜欢集体运动。对罗伯特来说,运动并不是他寻求冒险或责任感的方式。为了反击,罗伯特竭尽所能让马丁知道,他不是,而且他永远也不可能成为自己的真正的父亲。罗伯特的行为成为社区里一大困扰,似乎每个社会工作者和警察都知道他的名字。

**让孩子转变为成人**

在开始会面时,罗伯特的父母不把他视为成年人。他们曾用关禁闭和严厉的方式来试图控制罗伯特。所有这一切使得他越来越抑郁和不负责任。他不断把生活中的问题归咎于马丁,而且深信没有人倾听他在说什么。丹尼斯尝试所有她能想到的办法,但是不幸的是,她做的每件事都没有效果。罗伯特只能按照自己的节奏来改变。

如果罗伯特在家是一个捣蛋鬼的话,他在社区同伴心中的形象却大不相同。在那里,他不仅是个善于抓住机遇的孩子,还能保护别人,他十分维护自己的伙伴们。"我们只不过是一群想要努力生活的孩子,不是人们想象中的一群坏小孩。"在早期的会面中,他这样对父母和我说。

正是这个在朋辈群体中的身份成为了罗伯特的救赎,让他没有选择自杀或者严重的违法行为。在家外,罗伯特确实尝试对自己和他人负责。罗伯特谦虚地告诉我:"我说不出自己擅长的事,但是我想。我确实有擅长的事情,我讲义气,大家都这么说。我总是帮助朋友摆脱困难,而且我给他们很好的建议。"马丁从不了解继子这一面。他眼中只有一个调皮捣蛋制造麻烦的小鬼。

"我的父母认为我一无是处。他们只是没有意识到我也有擅长的事。他们也从未看到我的成熟。"罗伯特在第一次咨询后简短地告诉我。

"你所说的成熟是指什么?"我追问。

"处事成熟,就是做事风格。我不知道怎么样才能确切表达。"他口气中含着一丝犹豫,"这或许和年龄有关?就像如果有人总在公共场合打打闹闹,这就是不成熟的表现。如果你去看芭蕾舞或去类似的场合,你也不会那样做,因为那是不成熟。但是当你和朋友在一起的时候,这就是合适的。我觉得自己已经为成年做好准备。我希望变为一个成年人,尽管不是所有的时候我的行为举止像个成年人。"

"你的父母怎么看你呢?"

"现在,我想他们认为我是个废物,因为我总是制造麻烦。虽然我想如果我少招惹些麻烦,可能会有所帮助。但恐怕为时已晚,他们已经开始看低我了。你知道吗?这让我感觉很不好。这几乎让我觉得他们根本不关心我。虽然我知道他们还是关心我的,但我感受不到。"

几个月后,没有刻意的情况下,马丁对罗伯特提出喝酒的邀约,这是夫妇俩第一次接纳罗伯特在街上为自己创造的成熟身份。

> 关心孩子的父母帮助青少年挑战成年人给他们贴的标签,支持青少年将他们在同辈中创造的身份带回家来。

**敞开和关闭家门**

为了孩子的心理健康,我们能做的最好的事情是邀请他们回家。他们的"街头"身份再也不是敌人,他们的同伴也不是。除非要求孩子们做我们的向导,否则我们尝试了解他们也只会徒劳无功。如果我们认为,我们已经知道什么能够或不能够为孩子提供一个有力量的身份,我们很可能是错的。

有个案例可以帮助解释这一点。在阿富汗,维和部队陷入了杀死用枪指着他们的当地孩子的危险。在绝大多数案例中,这些枪支都是报废的因而是没有用的。这种情况造成了士兵的焦虑和担心,因为他们不能确定应该怎样回应。更有意思的是,维和部队找到的解决方式告诉了我们一些关于孩子的重要的信息。

士兵们发现,这些孩子的成长环境充满战乱,他们很愿意用枪支换钢笔。一旦将这一信息传递出去,孩子们的确排队来交换。

如何理解这个危险情境下的奇怪解决方式呢?如果我们从孩子寻求有力量的身份的角度来考虑,那么一切就都能说通了。在枪支泛滥的阿富汗拥有一支枪也许和西方社会的少年拥有一支枪的含义截然不同。但钢笔却不同,钢笔是一件能够展现你特殊之处的东西。拥有一支钢笔能够带来一种地位,就像去学校上学的孩子一样拥有光明的未来,成为未来的领袖。钢笔也是国外的、稀罕的东西,可以让你在朋友圈里显得与众不同。

## 理解的途径

在孩子们寻求正确的信息表达他们,寻求那些能给他们带来尊重和力量的信息,但这一信息常常与看起来的不一致。如果我们想要了解是什么吸引孩子们实践风险行为的话，那么我们必须尝试和理解这些行为对于他们意味着什么。如果我们希望帮助他们建构别样的故事，这个故事必须要和他与同伴共同建构的故事一样有力量，我们需要和他们构筑一种重要的关系。我们需要从他们的角度理解世界。期待他们回家的关键点是要展现我们对他们的接纳。

这始于向年轻人发出"你们可以回家并做自己"的信号。发出这种信息的父母最可能"遇见"孩子的其他身份。但是要注意，作为这些"遇见"的后果，父母们也许会更担心孩子的安全，或者他们会更相信孩子能够解决自身问题的能力。

确实是这样。很多父母突然发现儿子或女儿吸毒、在外留宿、逃学或者仅仅是从未吃过自己为他们打点好的午餐。这是最糟糕的场景，孩子们对于自己在家外的真实生活变得更加坦白和诚实。其他的父母也有相反的经验。当他们的孩子带着街头的身份回家时，父母发现孩子没有他们想象的那么离经叛道。当父母花时间来倾听，他们也许会了解到，孩子们参与当地娱乐中心的活动，很不好意思地承认自己在学校的表现很好，或者保护他的同伴的安全。

### 尝试不同的做法

无论你对于孩子带回家的街头身份反应如何，深呼吸三口气，与其他人而不是你的孩子谈谈这件事。记住，这是你想要的。所有这些忧心忡忡的难眠的夜晚并不能保证你的孩子更安全。现在你终于了解孩子的真实情况了，你可以更好地帮助她行事安全且负责。

- 寻求支持。你可以找一个和你面对一样问题行为的父母。你们可以一起笑、哭、吐痰、跺脚,甚至诅咒——做任何能使你们发泄情绪的事情。但别把这些情绪宣泄到孩子身上,如果你希望明天早上孩子还在家里。

- 制定策略。找个方式对孩子说"我很关心你"和"我爱你"。找到一种方式为孩子提供他们需要的安全。你的孩子性活跃吗?在浴室中放一盒打开的安全套是一项明智的投资(如果盒子是打开的,拿走一个便不容易被发现)。不必对此感到不舒服,克服它!如果你的孩子已经有过性行为,你没什么选择除了了解孩子的现状。保持沟通,提供其他方案,包括带她去见家庭医生或者公共健康护士,在这期间,保证你孩子的安全。

- 如果事态发展不受控制,寻求心理咨询。有很多咨询师可以提供服务。加拿大心理咨询协会(www.ccacc.ca)和美国婚姻和家庭咨询协会加拿大分会(www.aamft.org)都能帮你寻找到社区中有资质的临床心理医生。电话黄页也可以提供帮助。别忘了你的孩子的向导咨询师或者教堂的牧师、拉比或者阿訇。把街头身份带回家的孩子很可能与父母一道寻求咨询师的帮助。我个人倾向于家庭治疗,而不是只与孩子工作。家庭治疗不把孩子当成问题。当孩子们认识到自己不是替罪羊的时候,他们更愿意参与咨询过程。

### 接纳的限度

这并不是说父母和其他的监护人必须接纳孩子回家或者带

回学校。孩子们的街头身份就像徘徊在我们前门很多天的流浪猫和流浪狗一样，饥饿而又孤独。如果想要养他们，我们必须哄他们进来，但我们也不必无条件地接纳他们。当鼓励父母们把青春期流浪的孩子接回家的时候，这意味着要接纳孩子的新的不同的身份，我建议父母开门的时候要格外小心。没有人应该觉得委曲求全或者置自己的家于风险。让青少年向父母展示新的身份并不意味着允许孩子们欺凌生命中的成年人。我们可以坚持要求孩子们其他的身份已经被收拾好，这样我们就能更轻易地接纳他们回家。

很重要的是要在这里做个区分：邀请孩子们的家外身份回家是为了更好了解我们的孩子。邀请客人来访的好处和熟悉新事物的美妙之处并不意味着我们要拒绝所有旧的事物。我们不必那样做，也不应该那样做，不能抛弃我们所珍视的一切。作为孩子的监护人，我们不能一味迁就他们的期望。

### 沟通促成协商

"明年，我不想上大学。"18岁的希拉告诉我。在某些家庭中，像希拉的家庭，这是战争的宣言。希拉在一次学校会面中告诉我，"我想要去西部，在滑雪山或者森林里工作，找点时候去旅行。但我确定，父亲会暴怒。"

"我真的不知道我该如何告诉他。如果他同意，妈妈也会同意，否则她也只会担心我。"

作为18岁的女孩，希拉的问题显得没那么吓人，比起其他的女孩——那些必须告诉父母自己怀孕了的女孩，且胎儿的父亲就是一周前他们把她从朋友家彻夜酗酒派对带回来时遇到的难看的男生。在两个案例中，如果我们不能维持相互联结和沟通顺畅，父母可能完全不知道孩子们想什么和做什么。尽管希拉做了父母不喜欢的选择，但她还是需要父母的指引和支持。

> 没有家庭应该改变以迎合青年人的街头身份。了解孩子们的冒险行为并不意味着我们要放弃自己的正直和诚实，这意味着只有这样，我们才能接受他们在外面展现的能力。

希拉几个月来都在考虑学校是否适合她。她结识很多不推崇大学价值体系的孩子，或至少没那么向往大学。希拉的父母对她的交友方式提出质疑，但是希拉不理他们，或者完全不告诉他们自己的打算。赫克是希拉的朋友，他开始追随希拉的想法，考虑高中毕业后先工作一年。在很多方面，希拉是这一群体的领导者，是跳出框框思考的人。

"何必急于一时？"她说，"我以后可以继续学业。我已经上了那么多年的学，对于学什么专业，我一点想法都没有。只是为了父母而上大学，为什么？"

我有点局促不安，心里想，"如果我向她的父母推销这个观点，就会像她一样挨骂！"

"我想，你已经和父母谈过这个话题了吧……"我小心谨慎地开口，担心说太多。

在我说下去之前，希拉打断了我，"我不能和他们说话，父亲会暴跳如雷，如果我做了什么让他觉得丢脸的事情，妈妈则一言不发。"

我叹了口气。那时候天色已晚。在希拉回家之前，我们没有时间详谈这个话题。我孤注一掷地说："我想你需要找到一个方法来说服你的父母，告诉他们你真实的想法。你需要告诉他们，你已经把这个问题想得很清楚了，而且也没有他们想象的那样危险。这也许很难相信，但是他们终将理解的。"我的真诚缓解了希拉的焦虑，但只是一点点。

希拉问："但是我该说什么？"

"我会先和妈妈谈，在对付你父亲之前，我必须找到一个倡议者，一个能够在背后做工作的人，而且我也不会只注视那些不好的事儿。你去西方也不是无所事事，你想要去工作、旅行和成长。你想过自己晚点回学校吗？"

"当然。"她的回答是意料之中的。她是一个兴趣广泛的明朗、热情的青少年。

"你会把这些告诉父母吗？"我问。她犹豫地看着我，"你真的需要谈谈积极的那一面。你需要向他们展示你真实的样子。他们需要知道你已经深思熟虑了。这不代表他们一开始会失望，但期望他们后来会看到，这是你变得更加成熟的故事的一部分。你不同于他们，但并不一定是坏事。你不必去掩藏自己的这一面。"

听到我这么说，希拉看上去相当开心，想要和同伴们分享。有一件事是确定的，希拉从未想过逃跑，或者想过抛弃父母去做自己想做的事。一直以来，她重视父母所提供的意见。她无意伤害他们，仅仅是捍卫自己所相信的。

下一次见面时，希拉满面微笑。"好像成功了"，希拉告诉我,"他们至少说,甚至爸爸都说,如果在出行前能找到一份工作,我就可以去。我每天都在投递简历。爸爸说我可以向酒店、饭店这种地方投简历,至少出去时有个目标。"后来,我听小道消息称,对于女儿不想回学校,希拉的父亲仍然非常不安和焦虑。但是,他很明智,与其在父女间制造隔阂,不如同意她去。我希望,他能及时醒悟,像社会上其他人一样,认为他的女儿是一个有责任心的、聪明的青少年。从这个角度说,希拉让我想起了她的父母。

**为什么是你?**

这是罗密欧和朱丽叶的问题,很多孩子遇到类似的问题。他们挣扎要不要告诉父母一些事情,这些事情使得他们和别人和父母都不相同。可怜的朱丽叶不能成功地说服父母,她对男孩的爱比他们家庭之间的仇恨更加重要。她也许冒了一个很糟糕的风险,但是她并不是不负责任。

即便在家里,我们遇到来自家庭、文化、性别、种族、阶级、依恋和归属感带来的情感局限所交织的力量。这些强大的力量叠加起来使得我们不能自我表达。我们带着爱、身体和灵魂的冒险,对于父母及其信念可能是一种冒犯。

那么,对于父母而言,最大的挑战是为孩子创造一个家庭氛围,有着青少年在同伴团体中建构的身份认同的生存空间。这种家庭氛围被心理学家唐纳德·温尼科特(Donald Winnicott)称为"包容性家庭环境"(holding environment)。[50]这个描述很恰当。家庭应该成为一个孩子可以安全地体验新的身份和学习必要的技巧以便有效地沟通,以获得陌生人的接纳的地方。记住，我们的孩子想要听到的信息首先来自我们，即他们是属于我们的家庭，而不仅是属于他们的群体。他们希望我们把他们视为可以信赖、有责任感的人。他们想要因自己的独特之处而被欣赏，即便那些才能是不被成人所重视的。

像希拉的案例中，即便健康的家庭也常常会出于害怕而否认孩子们追寻冒险和责任感的机会。这真是一个悲剧，因为这些家庭让孩子们在没有任何保护自己所需要的生存技能的情况下进入社会。他们缺乏冒险者的优势。当然，家庭应该成为他们学习社会技能的场所，他们需要用负责的、冒险的方式表达自己。

**家是自我表达的绝佳地点**

确切地说，这意味着家庭必须给孩子留出自我表达的空间。我承认，起居室中从立体声音响里传出的巨大音乐让我抓狂。当然，耳机就能够解决问题。我也知道，作为父母，值得花点时间去了解孩子们正在听什么。

让家庭成为孩子们自我表达的安全场所，即便只是与兄弟姐妹共享的房间的一角，孩子们也需要一个空间可以向其他人展现自我。对成人来说也是如此。对我而言，我不能理解邻居们在郊区前门草坪上放置装饰水泥雕塑的嗜好。无论如何，我欣赏的是，我们都需要通过某种方式向他人展示我们是谁，即便不是周围每个人都能理解我们的热情和喜好。

当孩子们还小的时候，我曾邀请他们帮我布置家里装修一半的阁楼。这是家里唯一一间可以让孩子们在墙上和地板上画画的房间。事情很顺利，结果有些好笑，和我想象的情况很不同。我以为自己很聪明。我以为他们会用我提供的手指画漆创造出可爱的壁画。我以为它会成为我乐于欣赏的房间，就像他们乐于创造那样。

然而，我的儿子和他的朋友有着不同的想法。他们把黑色的漆喷溅在每面墙上，让我觉得，那个空间罪恶而又压抑。对于他们所做的，我感到极度失望，甚至提出把它重新粉刷成白色。他们很讶异地看着我，"但是我们很喜欢"。他们反抗。他们当然喜欢。我花了一段时间才恍然大悟，比起装修阁楼，我唯一的角色是站在后面，让孩子做他们喜欢的事情。

### 尝试不同的做法

是时候放开恐惧了，停止害怕最糟糕的情况，认识到你可能已经知道，在没有严重后果的条件下去帮助孩子去体验风险和寻求责任感。

从孩子出生开始回想。回想一下，从那时起，你帮助他冒险的所有事情。你帮助她站起来，你把她送上单车，直到她推开你的手，自己找到平衡。你把她留在幼儿园教室的门前，把她托付给另一个成人。你让她去别人家过夜。你看着她学习做卡夫①晚餐。你看着她精心打扮去参加第一次初中舞会。你容忍她独自一个人开车。作为一个好父母，你用坚定不移的爱帮助她度过每一次正常的转变，你牺牲自己的需要换取她安全健康成长的需要。

不幸的是，对于很多孩子来说，这些可以预料的转变也许

---

① 译者注：卡夫（Kraft），一种世界知名食品品牌。

还不够。他们想要更多的挑战，更多的危险。

记住那些过去的珍贵瞬间，然而，提醒父母去做我们已经知道如何做好的事情：接受孩子们冒险和为自己和他人变得更富责任感的渴望。

如果你需要帮助才能记住过去的成功，那就拿出家庭的相册。在那些红红的脸颊的快照中，可能有父母渴望培养的热情的、自信的孩子。这样的孩子不会偶然长成。你让孩子感到安全，给她足够的自信，他们才会变得独立。

你的工作还没有结束！

有很多事情可以帮助孩子安全地冒险和负责任地行动。你什么时间开始和从哪里开始真的不重要。千里之行，始于足下。什么时间迈步都不算晚。

**找到引起最大改变的不同之处。**

开始于一个小的但你确信会对你的孩子有意义的改变。下面有一些我知道的家庭案例：

- 对于麦克丹尼尔斯一家，他们同意女儿放弃高中科学课程。她说，她想从事商业，而不想做一名科学家。
- 对于杜奎一家，他们让儿子自由使用滑板公园。
- 对于汤姆斯一家来说，他们让女儿独自启程去看望外地的祖母。
- 对于亨利芬斯一家，他们同意儿子在眉毛上打洞戴眉环。

● 对于范德·伯格一家，他们同意女儿养仓鼠、金鱼、沙鼠、猫，最后养了条狗。

你能为孩子做些什么？什么样的小举动会向孩子传达她已经准备好承担更多的风险和责任了呢？什么样的举动会最大程度地表明你对孩子们的信心？

### 向孩子学习

如果我们要揭穿古老的迷思：所有青少年超越自身年龄的冒险行为和寻求责任感行为都是问题青少年，那么我们需要一个更有力量的故事来展示事情的真实面貌。越了解那些给孩子带来希望和归属感、尊重和责任感的选择，我们就越能成功地听到他们的心声。就像三月的暴风雨预示着季节的更替一样，当我们花时间倾听孩子用自己的语言讲述自己的故事的时候，孩子们的问题行为可能就是抗逆力的预兆。尽管他们的行为用危险打击我们，用粗心击败我们，用欠缺的关爱刺伤我们的心灵，但这些行为并不是没有意义的。这些危险的、违法的、越轨的和失范的行为恰恰是孩子们体验风险和责任感寻求的绝妙办法，这是健康成长的两个重要基石。

当孩子的行为使我们困扰的时候，我们不能坚持认为，孩子们追求健康的途径是失能的。我们必须仔细倾听孩子们对于自己生活的说法以及他们为了证明自己是有归属感的、值得信赖的、有能力和有爱心的人而详细阐明的协商。我们必须接纳他们的冒险和责任感寻求行为，把其看成是追求成人地位的正常表达。我们必须支持孩子，提供适量体验风险和承担责任感的机会，进而为他们提供优势。

## 作者致谢

尽管这本书的封面上只有我一个人的名字,但这本书实际上是许多人的成果。首先,那些与我分享故事的家庭是我伟大的老师们。其中有一些是我自己的家庭和朋友。更重要的是,我的伴侣,凯茜(Cathy),她的热心阅读和批判的眼光帮助我塑造了本书中很多观点。很多与朋友们餐桌上的聊天使我认识到写这本书的必要性。我要特别感谢史蒂芬·卡夫兰(Steven Coughlan)和达尔达林(Dale Darling)组织了很多极好的聚会。对他们,以及任何一个我竖耳倾听的人,我都致以最热情的感谢。

我非常感谢我的儿女,梅格(Meg)和斯考特(Scott),他们慷慨大方地告诉我怎么样能做一个更好的家长,并帮我在日常生活中实践这些想法。

感谢我的出版中介,丹尼斯·布克罗斯基(Denise Bukowski),我衷心感谢她对我这本书价值的肯定,并引导我度过出版的困境。

感谢苏珊·罗娜夫(Susan Renouf),麦克格兰德·斯图尔特(McClelland & Stewart)出版公司的副总裁和助理出版人,她的编辑使得该书看起来更好。我也必须要感谢她分享自己作为青少年的母亲的生活经验带给我的顿悟。她的分享帮助我理清了思路。特别感谢詹尼·布莱德肖（Jenny Bradshaw）对全书的润色。

我也要感谢麦克·鲁斯（Michele Lunchs）对该书早期版本的反馈意见，以及琳达·李博波格（Linda Liebenberg）和诺拉·狄的科瓦斯基（Nora Didkowsky）帮助我应对了很多其他的工作使得该书可以顺利完成。

最后，我要感谢我在书中引用的很多作者，他们的作品启发了我的思考。我也希望这本书能给世界一些小小的回报。

# 参考文献

1. Vygotsky, L. S. (1978). *Mind in Society: The Development of Higher Psychological Processes.* Edited by M. Cole, V. John-Sterner, S. Scribner and E. Souberman. Cambridge, MA: Harvard University Press.

2. Bauer, G. (September 2005). "Helicopter parents." Reader's Digest (*Canadian Edition*). 131-140.

3. Marano, H. E. (December 2004). "A nation of wimps." Psychology Today. 58-70, 103.

4. Ibid. (September/October 2005). "*Rocking the cradle of class.*" Psychology Today. 52-58.

5. Guthrie, E. (2002). *The Trouble with Perfect.* New York: Broadway Books. 150.

6. Selner-O'Hagan, M. B., Kindlon, D. J., Buka, S. L., Raudenbush, S. W. & Earls, F. J. (1998). "Assessing exposure to violence in urban youth." *Child Psychology and Psychiatry*, 39 (2), 215-224.

7. Davidson, S. & Manion, I. G. (1996). "Facing the challenge: mental heahh and illness in Canadian youth." *Psychology, Health & Medicine*, 1 (1), 41-56; Offord, D. R., Boyle,

M. H. , Szatmari, P. , Rae – Grant, N. I. , Links, P. S. , Cadman, D. T. , Byles, J. A. , Crawford, J. w. , Blum, H. M. , Byrne, C. , Thomas, H. & Woodward, C. A. (1987). "Ontario child heahh study: Six – month prevalence of disorder and rates of service utilization." *Archives of General Psychiatry*, 44 (4), 832 – 836.

8. Popple, P. R. & Leighninger, L. (2005). *Social Work Social Welfare, and American Society*, 6th ed. New York: Pearson.

9. Cheney, P. (April 23, 2005). Globe and Mail, Toronto. F1.

10. The Vanier Institute of the Family (2000). *Profiling Canada's Families II*. Ottawa.

11. Moffitt, T. E. (1997). "Adolescents – limited and life – course – persistent offending: A complementary pair of developmental theories." In T. P. Thornberry (Ed.), *Developmental Theories of Crime and Delinquency* (pp. 11 – 54). New Brunswick, NJ: Transaction Publishers.

12. Epstein, R. (February 2005). "The loose screw awards." *Psychology Today*. 55 – 62.

13. Quinn, W. H. (2004). *Family Solutions for Youth at Risk*. New York: Brunner – Routledge.

14. Pittman, K. , Irby, M. & Ferber, T. (2om). "Unfinished business: Further reflections on a decade of promoting youth development." In P. Benson & K. Pittman (Eds.), *Trends in Youth Development: Visions, Realities and Challenges* (pp. 3 – 50). Norwell, MA: Kluwer.

15. Lerner, R. M., Alberts, A. E., Anderson, P. M., & Dowling, E. M. (2006). "On making humans human: spirituality and the promotion of positive youth development." In E. C. Roehlkepartain, P. E. King, L. Wagner, and P. Benson (Eds.), *The Handbook of Spiritual Development in Childhood and Adolescence* (pp. 60–72). Thousand Oaks, CA: Sage Publications.

16. Benson, P. L. (2003). "Developmental assets and asset-building community: Conceptual and empirical foundations." In R. M. Lerner & P. L. Benson (Eds.), *Developmental Assets and Asset-building Communities: Implications for Research, Policy, and Practice* (pp. 19–46). New York: Kluwer.

17. Cited in Damon, W. & Gregory, A. (2003). "Bringing in a new era in the field of youth development." In R. M. Lerner & P. L. Benson (Eds.), *Developmental Assets and Asset-building Communities: Implications for Research, Policy, and Practice* (pp: 47–64). New York: Kluwer.

18. Grossman, L. (January 24, 2005). "Grow up? Not so fast." Time. 26–35.

19. Levine, M. (2005). *Ready or Not, Here Life Comes*. New York: Simon and Schuster.

20. Ropeik, D. & Gray, G. (2002). *Risk/A Practical Guide for Deciding What's Really Safe and What's Really Dangerous in the World Around You*. New York: Houghton Mifflin.

21. Perry et al. 1995.

22. Hanson, P. G. (1986). *The Joy of Stress* (Rev. 2nd

ed. ). Toronto, ON: Hanson Stress Management Organization.

23. Ibid. , p. ix.

24. Lightfoot, C. (1997). *The Culture of Adolescent Risk-taking.* New York: Guilford.

25. Masten, A. S. (2001). "Ordinary magic: Resilience processes in develop ment." *American Psychologist*, 56 (3), 227 238.

26. Moffitt, T. E. (1997). "Adolescents – limited and life – course – persistent offending: A complementary pair of developmental theories." In T. P. Thornberry (Ed.), *Developmental Theories of Crime and Delinquency* (pp. 11 – 54). New Brunswick, NJ: Transaction Publishers.

27. Tremblay, R. , Boulerice, B. , Harden, P. W. , McDuff, P. , Pérusse, D. , Pihl, R. O. , Zoccolillo, M. (1996). *Do Children in Canada Become More Aggressive as They Approach Adolescence?* In Human Resources Development Canada & Statistics Canada (Eds.), *Growing Up in Canada: National Longitudinal Survey of Children and Youth.* Ottawa: Statistics Canada.

28. De Graaf, J. , Wann, D. , Naylor, T. H. (2001). *Affiuenza: The All – consuming Epidemic.* San Francisco: Berrett – Koehler.

29. Luthar, S. S. & Latendresse, S. J. (2002). "Adolescent risk: The costs of affluence." In R. M. Lerner, C. S. Taylor & A. Von Eye (Eds.), *Pathways to Positive Development Among Diverse Youth* (pp. 101 – 122). New York: Jossey – Bass.

30. Chesney – Lind, M. & Belknap, J. (2004). "Trends in delinquent girls' aggression and violent behavior: A review of the evidence." In M. Putallaz & K. L. Bierman (Eds.), *Aggression, Antisocial Behavior, and Violence Among Girls: A Developmental Perspective* (pp. 203 – 221). New York: Guilford.

31. Derrida, J. (1978). *Writing and Difference.* Chicagoi University of Chicago.

32. Ladner, J. A. (1971). *Tomorrow's Tomorrow: The Black Woman.* Garden City, NY: Anchor Books; Robinson, R. A. (1994). "Private pain and public behaviors: Sexual abuse and delinquent girls." In C. K. Riessman (Ed.), *Qualitative Studies in Social Work Research* (pp. 73 – 94). Thousand Oaks, CA: Sage; Taylor, J. M., Gilligan, C. & Sullivan, A. M. (1995). *Between Voice and Silence: Women and Girls, Race and Relationship.* Cambridge, MA: Harvard University Press.

33. Giroux, H. A. (2002). "The war on the young: Corporate culture, school ing, and the politics of 'zero tolerance.'" In R. Strickland (Ed.), Growing up *Postmodern: Neoliberalism and the War on the Young* (pp. 35 – 46). New York: Rowman and Littlefield.

34. *Time* (August 8, 2005). "Being 13." 30 – 35.

35. Stone, I. (1961). *The Agony and the Ecstasy.* New York: Doubleday.

36. Winnicott, D. W. (1965). *The Maturational Process and the Facilitating Environment.* New York: International Univer-

sities Press.

37. Miller, J. B. (1976). *Toward a New Psychology of Women*. Boston, MA: Beacon Press.

38. Gilligan, C. (1982). *In a Different Voice: Psychological Theory and Women's Development*. Cambridge, MA: Harvard University Press.

39. Osherson, S. (1992). *Wrestling with Love: How Men Struggle with Intimacy with Women, Children, Parents and Each Other*. New York: Fawcett Columbine.

40. Ross, T., Conger, D. & Armstrong, M. (2002). "Bridging child welfare and juvenile justice: Preventing unnecessary detention of foster children." *Child Welfare*, 81 (3), 471 - 494; Loeber, R., Farrington, D. P., Stouthamer Loeber, M., & Van Kammen, W. B. (1998). "Multiple risk factors for multi-problem boys: Co - occurrence of delinquency, substance use, attention deficit, conduct problems, physical aggression, covert behavior, depressed mood, and shy/withdrawn behavior." In R. Jessor (Ed.) *New Perspectives in Adolescent Risk Behaviour*. New York: Cambridge University Press; Murphy, R. A. (2002) "Mental Health, Juvenile Justice, and Law Enforcement Responses to Youth Psychopathology." In D. T. Marsh and M. A. Fristad (Eds.) *Handbook of Serious Emotional Disturbance in Children and Adolescents* (pp. 351 - 374). New York: John Wiley & Sons, Inc.

41. Zimmerman, M. A. (1990). "Toward a theory of learn-

ed hopefulness: A structural model analysis of participation and empowerment." *Journal of Research in Personality*, 24, 71 – 86.

42. Hall, G. S. (1904). *Adolescence*, Vols 1 ε 2. New York: Appleton.

43. Arnett, J. J. (1999). "Adolescent storm and stress, reconsidered." *American Psychologist*, 54 (5), 317 – 326.

44. Miles, S. (2000). *Youth Lifestyles in a Changing World*. Buckingham, UK: Open University Press.

45. Schissel, B., op. cit.

46. Tyyska, V. (2001). *Long and Winding Road: Adolescents and Youth in Canada Today*. Toronto, ON: Canadian Scholars ′Press.

47. White, M. (2000). "Re – engaging with history: The absent by implicit." *Reflections on Narrative Practice: Essays ε Interviews*. Adelaide, AU: Dulwich Centre Publications.

48. de Shazar, S. (1985). *Keys to Solutions in Brief Therapy*. New York: Norton.

49. Gellatt, H. B. *Creative Decision Making: Using Positive Uncertainty*. Oakville, Ontario: Reid Publishing, 1991.

50. Winnicott, D. W. , op cit.

# 后 记

"挑战社会环境下青少年使用正式社会服务与非正式社会支持的模式研究"是受加拿大国际发展研究中心资助与管理的国际合作研究项目，旨在探求与发现五大洲不同国别的青少年在社会挑战、社会变迁日益剧烈的环境下，如何获得与使用多种多样的社会资源，从而达到积极成长与健康发展的目标。此套丛书作为这一研究项目的成果之一，也在探寻与回答家庭、学校、成人社会作为青少年成长的社会资源，出现了哪些问题？面临着怎样的挑战？可能变通的路径与方法有哪些？虽然是别国的经验，但对中国读者的借鉴意义很大。

2009年起，我们作为5国之一（其他4国是：加拿大、南非、哥伦比亚、新西兰）启动了在中国北京的全方位研究与全程实务。先后采用的研究手段包括：问卷调查、个案访谈、焦点小组、参与观察、非参与观察、行动研究、文献分析、实物分析等。这一过程中，我们与2000多名青少年面对面交流，与1000多名青少年一起活动，与1000多名青少年进行了网络沟通，与300多名青少年进行了一对一访谈，与300多名青少年保持着资讯互动，与100多名教师对话与研讨，面向上万名教师与家长开展讲座与培训。全部过程走下来，想感谢的人特别多，在此列举以下名单，以这种方式表达我们对这些学校或者机构的孩子们、家长们、老师们、管理者的衷心谢意。

| | |
|---|---|
| 北京市宏志中学 | 北京市海淀区一零一中学 |
| 北京市第十九中学 | 北京市东城区十五中学 |
| 中国人民大学附中 | 北京市东城区东直门中学 |
| 中国人民大学附中分校 | 北京市丰台区第二中学 |
| 北京市通州四中 | 北京市丰台区十二中学 |
| 北京市中关村中学 | 北京市东城区一六一中学 |
| 北京市高家园中学 | 北京市东城区景山学校 |
| 北京市海淀区123中学 | 北京市东城区二十五中学 |
| 北京市昌平一中 | 北京市朝阳区陈经纶中学 |
| 北京市十一学校 | 北京市海淀区教师进修学校附中 |
| 北京市朝阳区管庄中学 | 北京市朝阳区教师进修学校 |
| 北京市房山区永定中学 | 北京市密云区教师进修学校 |
| 北京市延庆县一中 | 北京市顺义第五中学 |
| 北京市平谷区第四中学 | 北京亦庄实验中学 |
| 北京市大兴区教师进修学校 | 北京市大兴区长子营中学 |
| 北京师范大学大兴附中 | 北京市石景山区教师进修学校 |
| 中国音乐学院附属中学 | 北京铁路电气化学校 |
| 北京市门头沟区王平中学 | 北京铁路卫生学校 |
| 北京市门头沟区教委 | 北京市三十五中学 |
| 北京市海淀区育新学校 | 中国青年政治学院青少系 |

| | |
|---|---|
| 北京市海淀区育英中学 | 中国青年政治学院社会管理学院 |
| 北京市北达资源中学 | 中华女子学院社会工作系 |
| 北京市海淀区八一中学 | 山东师范大学教育系、心理系 |
| 湖北阳光教师培训中心 | 河北省保定学院图书馆 |
| 安徽省亳州一中 | 济南市卫生学校 |
| 山西省长治县一中 | 联合国人口基金驻华代表处 |
| 河南省夏邑县第二实验中学 | 联合国教科文组织驻华代表处 |
| 河北省三河一中 | 中国儿童中心 |
| 湖南省湘阴县湘阴一中 | 北京爱白机构 |
| 山西省高平县高平一中 | 玛丽斯特普国际组织中国代表处 |
| 山东省淄博一中 | 歌路营青少年服务中心 |
| 山东省花莲县花莲一中 | 华东理工大学社会工作系 |
| 乐山师范学院教育系 | 河北省阜城县一中 |

挂一漏万之处，敬请谅解。

加拿大国际发展研究中心（IDRC）给予本研究项目巨大的经费支持，保证了所有研究环节的实施与推进。中国科技部与北京市科学技术委员会给予项目重要的政策支持。首都师范大学学校与政法学院给予本研究全方面的扶持与便利。《我不想要保护伞：如何帮助孩子应对风险》一书的翻译出版还得到了"中央高校基本科研业务费专项资金"资助。项目组全体师生风雨无阻，亲力亲为，扎根学校，辐射社区，以高度负责的学术精神与求索探新的研究态度，持之以恒，不敢怠慢，获得了宝贵的发现。一并感谢，感恩社会，感动自己。

　　研究是艰辛的，也是快乐的。与青少年相处的日子，虽有很多挣扎与纠结，但也体会到生命的多彩与美丽。相处的时间越长，我们就越感觉到，青少年给了我们又一次思考自己的机会。以一种新的视角重新发现青少年，也是重新发现我们自己！

田国秀<br>
及项目组全体成员<br>
2013 年 9 月